# Honneur ou scandale

DANI COLLINS

# Honneur ou scandale

*Traduction française de*
ÉLISABETH MARZIN

AZUR

HARLEQUIN

*Collection :* Azur

*Titre original :*
WAYS TO RUIN A ROYAL REPUTATION



**HARPERCOLLINS FRANCE**
83-85, boulevard Vincent-Auriol, 75646 PARIS CEDEX 13
Service Lectrices — Tél. : 01 45 82 47 47 - www.harlequin.fr
ISBN 978-2-2804-8403-9 — ISSN 0993-4448

Composé et édité par HarperCollins France.
Imprimé en avril 2023 par CPI Black Print (Barcelone)
en utilisant 100% d'électricité renouvelable.
Dépôt légal : mai 2023.

FSC www.fsc.org
MIXTE
Papier issu de sources responsables
FSC® C159065

Pour limiter l'empreinte environnementale de ses livres, HarperCollins France s'engage à n'utiliser que du papier fabriqué à partir de bois provenant de forêts gérées durablement et de manière responsable.

# 1.

— Je veux que vous ruiniez ma réputation.

Amy Miller considéra Luca Albizzi, roi de Vallia, avec stupéfaction. Elle avait dû mal entendre… Peut-être parce qu'elle était déstabilisée depuis qu'en entrant dans cette suite VIP de l'hôtel le plus chic de Londres elle avait découvert qui était son client potentiel. L'identité de ce dernier avait d'abord été entourée du plus grand mystère. Après avoir reçu un appel, son assistante lui avait transmis avec perplexité une demande de consultation immédiate. Vu l'adresse, elle avait estimé judicieux d'accéder à cette requête vague mais impérieuse. Il n'était pas rare que le représentant d'une célébrité évite de donner des détails sur son client au moment où il faisait appel à elle et à ses collaborateurs. Elle avait donc aussitôt saisi son sac et traversé la ville, s'attendant à rencontrer un fils de député menacé d'outing ou une héritière victime de chantage à la vidéo intime. Dès son arrivée, le directeur de l'hôtel l'avait conduite à la suite royale. Un nom qu'elle n'avait pas pris à la lettre malgré les deux gardes au visage de marbre postés devant la porte. Le premier avait fouillé sa serviette pendant que l'autre inspectait le blouson qu'elle avait enlevé dans l'ascenseur. Lorsqu'ils avaient fini par lui ouvrir la porte, elle était entrée avec circonspection dans un salon vide.

Alors qu'elle posait son sac et son blouson sur un tabouret de bar, un homme était sorti d'une des pièces adjacentes.

Âgé d'une trentaine d'années, il était vêtu d'un pantalon anthracite et d'une chemise écrue qu'il portait sans cravate. Les cheveux châtain clair, le teint mat, il avait des yeux bleu acier au regard pénétrant. Il émanait de lui un tel magnétisme qu'elle avait été envahie par un trouble intense. Chancelante, elle avait été déconcertée par cette réaction. Mais, lorsqu'elle avait pris conscience de l'identité de celui qui la déclenchait, sa surprise avait été à son comble. Depuis des semaines, la presse annonçait à grand renfort de gros titres la venue à Londres en visite d'État du Prince Prodige, récemment sacré roi de Vallia. Le roi Luca, homme puissant célèbre pour sa beauté hors du commun, avait en outre la réputation d'être irréprochable. D'après la rumeur il avait dîné la veille à Buckingham Palace, où il avait ignoré avec tact les regards admiratifs d'une duchesse mariée.

« Appelez-moi Luca », avait-il dit avant de l'inviter à s'asseoir.

Elle s'était laissée tomber sur le canapé avec soulagement. Jamais personne n'avait produit une aussi vive impression sur elle. Elle traitait tous les jours avec des gens riches et célèbres sans jamais rester muette. Ni sourde. Ni ahurie. Pas question de perdre ses moyens devant cet homme, s'était-elle promis. Pourtant, c'était exactement ce qui était en train de se produire… Elle voyait ses lèvres bouger de nouveau, et les mots qu'il venait de prononcer flottaient dans son esprit. Mais ils étaient étouffés par le son envoûtant de sa voix profonde et de son accent italien, qui évoquaient des ruelles pavées où résonnaient les trémolos d'un violon s'échappant de fenêtres ouvertes sur la nuit. Elle pouvait presque sentir le parfum de fleurs exotiques embaumer un air délicieusement chaud et humide. Luca l'entraînerait dans l'ombre d'un porche, et ses lèvres sensuelles se poseraient sur…

— Vous acceptez ?

La voix du roi Luca ramena brusquement Amy à la

réalité. Que lui prenait-il de fantasmer sur cet homme ? C'était un client potentiel ! Une bouffée d'angoisse l'assaillit alors qu'une évidence s'imposait à elle. Une fois de plus elle désirait un homme défendu. Elle n'irait pas jusqu'à dire que le roi de Vallia lui rappelait… *lui*. Ce serait une terrible insulte. Peu d'hommes étaient aussi indignes que *lui*. Mais, une fois encore, elle éprouvait une attirance irrésistible pour quelqu'un susceptible d'avoir du pouvoir sur elle. Il est vrai qu'elle n'était pas sans pouvoir elle-même. Elle pouvait rejeter cet homme ou refuser ce travail. En réalité, étant donné l'effet indésirable qu'il lui faisait elle avait tout intérêt à tourner les talons. C'était d'ailleurs ce qu'elle allait faire, après l'avoir écouté poliment. Et elle lui recommanderait une de ses collègues.

— Excusez-moi, lâcha-t-elle avec effort tant sa gorge était sèche. Avez-vous dit que quelqu'un essaye de ruiner votre réputation ? London Connection peut vous aider à éliminer cette menace.

Parfait. Elle parlait presque comme une cofondatrice compétente et expérimentée d'une agence de relations publiques. Ce qu'elle était, d'après sa carte de visite.

— J'ai dit que je voulais que *vous* ruiniez ma réputation.

« Vous. » Était-il au courant ? Elle sentit tout son visage s'enflammer et déglutit péniblement. Non, il ne pouvait pas savoir ce qui s'était passé. Ses parents et la directrice de l'école avaient effacé toute trace de cet incident regrettable. C'est ainsi qu'elle avait appris que les erreurs pouvaient être minimisées au point de disparaître de la conscience collective, même si la conscience individuelle de la responsable en restait marquée pour toujours… Elle prit une profonde inspiration.

— Notre agence s'occupe de *bâtir* les réputations.

Ses réflexes professionnels vinrent à son secours, et sa

voix se raffermit. Après tout, elle disait ce genre de choses un million de fois par semaine…

— Via divers canaux de communication parmi lesquels les médias ou les réseaux sociaux, nous protégeons et améliorons l'image de nos clients. Lorsqu'il est nécessaire de redorer l'image de marque d'une société ou d'une personnalité, nous élaborons un récit destiné à transmettre le message approprié.

Bla-bla-bla. Elle sourit, le dos droit, les mains posées à plat sur les genoux, les chevilles croisées. Si seulement elle pouvait être débarrassée de ces frissons qui ne cessaient pas de la parcourir… Même la mâchoire crispée par l'impatience, cet homme avait un charme irrésistible.

— Je sais ce que vous faites. C'est pour cette raison que je vous ai appelée.

Luca se leva brusquement de son fauteuil et se mit à arpenter le vaste salon d'un pas vif, faisant frémir au passage les épais rideaux qui masquaient en partie la baie vitrée donnant sur la Tamise. Amy avait à peine remarqué le décor raffiné à dominante de gris et de bleu ardoise qui formait une toile de fond harmonieuse sur laquelle se détachait cet homme fascinant. Ses mouvements étaient à la fois fluides et puissants, tandis que ses vêtements impeccablement coupés soulignaient sa silhouette athlétique. Il s'immobilisa devant la baie vitrée, éclairé par un rayon de soleil printanier qui se glissait par l'ouverture des rideaux, et mit les mains dans ses poches. Ce qui eut pour effet de plaquer le tissu de son pantalon sur ses fesses musclées. Amy n'était pas du genre à lorgner les hommes. Toute la journée il en défilait des tas devant ses yeux, plus ou moins séduisants et plus ou moins fortunés. C'étaient des employés, des clients ou des coursiers. Rien de plus. Si elle n'avait pas vraiment juré de renoncer aux relations sentimentales, elle était d'une prudence extrême. En fait, elle ne se laissait émouvoir par personne.

Elle préférait se concentrer sur sa carrière. Un authentique professeur lui avait appris qu'obéir à son cœur ou à sa libido ne pouvait que l'exposer à être utilisée, puis jetée comme un sac d'ordures. Mais voilà qu'elle était fébrile comme une collégienne parce qu'un postérieur splendide se trouvait dans sa ligne de mire. Alors que Luca ne cherchait pas du tout à la séduire. Il se contentait d'être incroyablement sexy sans rien faire et sans paraître en avoir conscience.

— Je vous demande d'inverser la démarche, déclara-t-il. Au lieu d'étouffer un scandale, déclenchez-en un.

Elle s'arracha à la contemplation de ses fesses et sentit ses joues s'enflammer. Allons bon, il la regardait par-dessus son épaule. En arquant un sourcil pour lui signifier qu'il l'avait surprise en train de se rincer l'œil… Que faire ? Prétendre qu'il avait un chewing-gum collé aux fesses ? Non, inutile d'en rajouter. Elle s'éclaircit la voix.

— Vous n'êtes pas dans le bon quartier de Londres pour vous discréditer. Peut-être pourriez-vous engager une femme exerçant une autre profession ?

Il n'esquissa pas le moindre sourire. Elle se mordit l'intérieur de la joue.

— Un scandale *sous contrôle.*

Il se retourna, les mains toujours dans les poches de son pantalon, et darda un regard pénétrant sur son visage écarlate.

— J'ai fait des recherches. Si c'est vous que j'ai sélectionnée c'est parce que vous êtes la personne idéale pour ce job.

Elle sentit le sang se retirer de son visage. Allons bon, ses joues avaient dû passer du rouge écarlate au blanc laiteux en un millième de seconde…

— Pourquoi dites-vous cela ?

— À cause de cette femme qui avait attaqué en justice la fédération de basket. C'était un cas épineux. Vous avez désamorcé la campagne de diffamation lancée contre elle alors que la fédération avait encouragé les supporteurs à la harceler.

Quel soulagement ! Il ne parlait pas de son passé…

— En effet, c'était un cas épineux.

Elle et ses collègues et meilleures amies, Bea et Clare, s'étaient chargées de l'affaire pour une livre sterling symbolique. Elles avaient toutes les trois été horrifiées par l'injustice dont était victime cette femme, calomniée parce qu'elle avait signalé des joueurs qui l'avaient abordée dans un bar.

— D'ailleurs, si vous souhaitez ruiner votre réputation je dois vous signaler que la diffamation est la spécialité de la société à laquelle nous étions opposées dans cette affaire.

— Oui, mais en ce qui concerne votre cliente ils ont échoué en raison de votre intervention. Comment pourrais-je me fier à eux ? Ils n'ont pas hésité à facturer une somme indécente pour nuire à une femme qui avait déjà subi un préjudice. De votre côté, bien qu'ayant gagné contre eux vous avez perdu de l'argent. Je me trompe ?

Sous le regard pénétrant de Luca, Amy croisa les jambes pour se donner une contenance. Mais les derniers boutons de sa robe chemisier longue n'étant pas fermés la fente s'ouvrit, révélant ses jambes. Le regard de Luca se posa sur celles-ci, puis remonta lentement jusqu'à son visage. Il plongea les yeux dans les siens avec une moue narquoise signifiant clairement « Merci pour le spectacle, mais tenons-nous en à l'objet de notre rencontre. »

De plus en plus troublée, elle se maudit. *Concentre-toi, bon sang !*

— Il n'est pas dans mes habitudes de discuter de ma situation financière avec mes clients. Cependant, pourriez-vous me dire ce qui vous a donné cette impression ?

Il fallait qu'elle envoie une note à Bea pour l'avertir qu'elles avaient des problèmes de confidentialité.

— Votre cliente a déclaré lors d'une interview qu'avoir

gagné devant le tribunal de l'opinion rapportait moins que de gagner un véritable procès, mais que grâce à *Amy* de London Connection elle gardait l'espoir d'obtenir un dédommagement qui lui permettrait de vous payer comme vous le méritez.

Amy réprima un long frisson tandis que Luca s'avançait vers elle. Il laissa tomber une feuille de papier sur la table basse.

— Je veux régler sa note en même temps que la mienne. Ce montant vous convient-il ?

Elle baissa les yeux sur la feuille et faillit s'étrangler. Qu'il s'agisse de livres, d'euros ou de roubles, peu importait. Si elle refusait une somme comportant autant de zéros, Bea et Clare l'enverraient immédiatement passer une IRM.

— C'est... très généreux. Mais ce que vous nous demandez de faire est à l'opposé de la mission que s'est donnée notre agence. Il faut que j'en discute avec mes collègues avant d'accepter.

Pourquoi fallait-il que Clare soit à l'étranger en ce moment ? C'était elle qui avait créé London Connection. Elle avait demandé à Amy de l'aider à lancer l'agence, et en général elles prenaient les décisions importantes ensemble. La dernière ayant consisté à proposer à Bea, qui mourait d'ennui dans un cabinet d'avocats, de les rejoindre.

— Je ne veux pas de vos collègues. Moins de gens seront au courant, mieux ça vaudra. C'est *vous* que je veux.

Électrisée par cette déclaration et par l'intensité du regard de Luca, Amy déglutit péniblement.

— Je ne comprends pas.

Il était de notoriété publique que le nouveau roi de Vallia était très différent du précédent. Le père de Luca était... Il avait été surnommé « Le roi aux mœurs spéciales » par les tabloïds, ce qui voulait tout dire. En réalité, lorsqu'elle avait reconnu Lucas elle avait pensé qu'il allait la charger de redorer l'image de son père. Ou peut-être de soigner la sienne, parce que d'après la rumeur il trouvait un peu écrasant le poids de ses nouvelles fonctions.

— D'après ce que je sais, vous avez la réputation d'être irréprochable. Pourquoi voudriez-vous ternir votre image par un scandale ?

— Dois-je considérer que je vous ai engagée ? demanda-t-il en indiquant la feuille posée sur la table. Suis-je d'ores et déjà protégé par l'accord de non divulgation inclus dans le contrat ?

Amy réfléchit. Si elle acceptait cette mission, elle pourrait refuser le trust censé lui revenir le jour de ses trente ans, dans dix-huit mois. Puéril, peut-être, mais ses parents avaient déjà reporté deux fois le paiement. Ayant appris qu'il valait mieux ne compter que sur elle-même, elle serait ravie de pouvoir leur dire qu'elle n'avait pas besoin des bribes de la fortune familiale qu'ils agitaient en permanence devant son nez comme une carotte au bout d'un bâton. Par ailleurs, ce serait une opération très rentable pour l'agence. Or, plus London Connection prospérerait, plus Clare, Bea et elle seraient en mesure d'aider les gens. Elles ne voulaient pas imposer à leurs clients des tarifs exorbitants comme le faisaient certains de leurs concurrents. Certes, la requête de Luca était inhabituelle, mais quelque chose lui disait que ce n'était pas un stupide caprice de play-boy. Il semblait beaucoup trop sérieux et déterminé. Et pourquoi ne pas le reconnaître ? Elle était en proie à une vive curiosité. Luca l'intriguait. S'il devenait un client… Eh bien, en tant que client il serait totalement inaccessible. Tabou. Cette idée était étrangement apaisante. Les règles étaient les règles. Le cas échéant, elle pourrait s'abriter derrière elles.

— Je serai obligée de donner une explication à mes associées, prévint-elle en jetant un nouveau coup d'œil à la somme exorbitante proposée.

— Dites-leur que vous êtes chargée de valoriser l'image de ma fondation. C'est une association qui finance des programmes de soins psychiatriques. Un gala est prévu dans une semaine. C'est le prétexte que j'ai donné à mon assistante quand je lui ai demandé d'organiser ce rendez-vous.

— Mon Dieu, si vous êtes doué à ce point pour le mensonge, pourquoi avez-vous besoin de moi ?

Pas la moindre lueur amusée dans les yeux bleu acier…

— Ce n'est pas un mensonge. La femme qui dirige la fondation depuis l'époque de ma mère a fait une chute et s'est fracturé la hanche. L'association a besoin d'un apport de sang neuf qui lui permette d'entrer réellement dans ce siècle. Vous rencontrerez l'équipe, vous procéderez à une dernière vérification des préparatifs du gala et vous suggérerez de nouveaux programmes de collecte de fonds. L'autre aspect de vos activités restera confidentiel, uniquement connu de nous deux.

La somme qu'il proposait était vraiment obscène pour le travail apparent qu'elle devrait fournir… Mais tant pis, elle trouverait plus tard une meilleure explication à donner à ses amies. Pour l'instant c'était à elle seule de décider si elle acceptait cette mission. Or il était hors de question de refuser une telle somme.

— Très bien. Je suis prête à travailler pour vous.

Elle se leva pour tendre la main à Luca. Il la serra fermement avec dans les yeux une lueur de satisfaction qui la fit frissonner de la tête aux pieds.

— À présent, expliquez-moi pour quelle raison vous souhaitez que je ruine votre réputation.

— C'est le seul moyen pour moi de céder la Couronne à ma sœur.

# 2.

Luca lâcha la main d'Amy en s'efforçant d'ignorer l'électricité qui faisait vibrer l'air autour d'eux. Amy Miller avait un parfum discrètement sucré aux notes gourmandes d'amande et d'anis. Sa présence dans l'avion risquait d'être une distraction difficile à ignorer, mais pour lui elle était désormais une employée. Il avait enfin franchi un pas sur la voie qui aboutirait à l'accession au trône de sa sœur. Vivement que ce jour-là arrive…

— *Eccelente,* dit-il dans la variante de l'italien parlée dans son pays. Nous pouvons y aller.

— Où donc ?

— On m'attend à Vallia. Nous poursuivrons cette conversation en route.

Une lueur de panique s'alluma furtivement dans les yeux émeraude d'Amy Miller, mais elle se ressaisit aussitôt et arbora un air calme, très professionnel.

— Je dois d'abord prendre vos coordonnées. Préparer le contrat. Me documenter sur…

Il s'efforça de réprimer son impatience.

— Je veux que nous poursuivions cette discussion dans un lieu sûr.

— Mon bureau en est un. Nous ne sommes pas obligés d'aller à Vallia.

— Ce n'est qu'à trois heures d'ici. Mon jet attend.

La bouche délicate d'Amy s'ouvrit, mais aucun son n'en

sortit. Lorsqu'il avait entendu parler d'elle pour la première fois, il avait eu des doutes. Les boute-en-train ne lui inspiraient aucune confiance, or son travail consistait en partie à entretenir des relations avec des gens futiles cherchant à tout prix à attirer l'attention. Son site web et ses réseaux sociaux regorgeaient de selfies en compagnie de célébrités, de photos prises dans des soirées branchées et de posts d'influenceurs. Tout cela lui rappelait un peu trop la vie superficielle que son propre père avait menée avec ferveur. Cependant, une enquête discrète lui avait appris qu'elle était aussi appréciée par ses collègues que par ses clients et que son travail avait été primé à plusieurs reprises. Elle semblait compétente et pleine de sang-froid. Également très consciente de son pouvoir de séduction, et visiblement prête à en user si nécessaire. Il fallait reconnaître qu'elle était d'une beauté rayonnante avec ses boucles blondes et son teint de pêche. Quant à son petit nez retroussé, il ajoutait une touche d'espièglerie à ses traits aristocratiques.

Mais c'était justement parce qu'elle le fascinait qu'il était sur ses gardes. Il n'était pas et ne serait *jamais* comme son père. Même s'il se voyait obligé de convaincre certaines personnes qu'il lui ressemblait suffisamment pour ne pas mériter la Couronne…

— Mais j'ai d'autres clients, protesta-t-elle. Je ne peux pas tous les laisser tomber pour vous.

— N'est-ce pas justement pour ça que je viens de vous payer ? Si vous aviez besoin de plus d'argent, vous auriez dû le dire.

Elle eut une moue contrariée, puis elle déclara avec un agacement manifeste :

— Je vais être obligée de modifier tout mon planning. J'aurais préféré que vous précisiez en appelant que vous comptiez m'emmener en voyage. J'aurais pris un sac de survie, dit-elle en se dirigeant vers la serviette en cuir qu'elle avait posée sur un tabouret près du bar.

— Vous êtes chargée de relations publiques ou agent secret ? demanda-t-il d'un ton sarcastique.

— La plupart du temps ça revient au même. Heureusement, j'ai toujours mon passeport dans ma serviette.

Un peu plus grande que la moyenne et parfaitement proportionnée, elle ne portait pas un banal tailleur mais une robe chemisier à rayures arc-en-ciel en mousseline de soie qui descendait jusqu'aux chevilles. Elle avait relevé ses manches et laissé quelques boutons ouverts au niveau du col et sous les genoux. C'était une tenue à la fois élégante et bohème, complétée par des bracelets joncs qui cliquetaient à ses poignets. Et surtout par une ceinture corset en cuir noir, fermée dans le dos par des œillets à lacets qu'il était très tentant de déboucler un à un… Transpercé par une flèche de désir, Luca inspira profondément. Non. Les femmes qui travaillaient pour lui étaient taboues. Même et surtout si Amy Miller ne s'était pas privée de dévorer ses fesses des yeux tout à l'heure… Quand il avait surpris son regard gourmand il avait envisagé de renoncer à l'engager et de retarder son vol pour l'inviter à essayer avec lui le lit king size de la pièce voisine. Cependant, il n'avait pas l'habitude de faire passer le plaisir avant ses obligations. Permettre à sa sœur de prendre sa place sur le trône était le plus grand service qu'il pouvait rendre à son pays. Et donc sa priorité absolue. Si par la suite cela lui donnait l'occasion de s'offrir une petite fantaisie avec une femme qui l'attirait, tant mieux. Mais pour l'instant il devait éviter les extravagances. Ou plutôt, se limiter à celles qui l'aideraient à atteindre son objectif.

« Regarde où papa a placé la barre, avait dit sa jumelle avec une moue dépitée quelques semaines plus tôt quand il lui avait fait part de sa frustration après le refus du Conseil privé de le laisser abdiquer. Il faudrait que tu tombes très très bas avant qu'ils aient l'idée de t'évincer en ma faveur. » Mais il ne voulait pas plonger le pays dans une crise constitutionnelle. Il voulait juste mettre bon ordre à la situation, mais trop de gens tenaient à maintenir le statu quo. Il avait tenté de manifester une certaine incompétence et de déléguer de plus en plus de responsabilités à Sofia pour prouver qu'elle était la plus à même de gouverner, mais le Conseil avait mis ses erreurs sur le compte du « stress dû à l'adaptation à un nouveau rôle ». Ils ne le quittaient pas d'une semelle et ils le rendaient fou. Sans le vouloir, avec sa remarque Sofia lui avait fourni la solution qu'il cherchait. Il fallait qu'il tombe aussi bas que son père, qu'il touche brièvement le fond, puis qu'il remonte à la surface avant d'avoir causé des dégâts trop importants. Amy Miller était la personne la mieux placée pour l'aider à mettre en œuvre ce plan avec succès. Elle avait réussi à sortir d'affaire d'innombrables célébrités à la suite de scandales qu'elles avaient provoqués elles-mêmes.

— Au passage, j'achèterai des vêtements de rechange à la boutique de l'hôtel, déclara-t-elle.

— Nous n'avons pas le temps de faire du shopping. Je vais donner des instructions pour que des affaires vous attendent à notre arrivée.

— Je suis d'une efficacité redoutable, insista-t-elle. Je vous retrouve devant la sortie dans un quart d'heure ?

Elle prit le blouson de motard en cuir noir qu'elle avait posé sur le dossier du tabouret et l'enfila.

L'association cuir *vs* soie et noir *vs* couleurs vives avait quelque chose d'incroyablement sexy… Quant à ce geste négligent pour dégager ses cheveux blonds du col montant de son blouson… Sans parler de cet air hautain… Une nouvelle flèche de désir transperça Luca, et son pouls s'accéléra. Il dut faire appel à toute sa volonté pour résister à l'envie d'empoigner les revers du blouson d'Amy et de capturer sa bouche. Leurs regards se croisèrent, et il vit ses pupilles se dilater brusquement. Elle avait dû lire ses pensées sur son visage…

— Parking. Dans dix minutes. Sinon tout est annulé.

Il avait parlé d'un ton délibérément froid. Pas question de la laisser croire qu'elle éveillait en lui le moindre intérêt. Elle tressaillit imperceptiblement, puis elle lui adressa un sourire.

— Je prends le risque.

Quelle effrontée ! Il serra les dents, prêt à lui expliquer qu'il ne plaisantait pas. Mais elle était déjà partie.

Amy prit ses jambes à son cou. Impossible de feindre la désinvolture une seconde de plus. Son cœur battait si vite qu'elle était au bord du malaise. Elle avait un besoin urgent de se ressaisir, surtout après ce qui venait de se passer. Mais que venait-il de se passer, exactement ? Soulagée d'avoir trouvé une excuse pour s'échapper quelques instants, elle s'apprêtait à s'en aller quand elle avait jeté un coup d'œil à Luca. Et là elle avait reçu une décharge électrique d'une intensité incroyable. L'espace d'une seconde, elle avait cru qu'il allait lui sauter dessus et l'avaler tout entière.

Mais le pire de tout, c'était qu'elle était déçue qu'il se soit abstenu. Pourquoi se mentir ? En réalité, elle était mortifiée par la froideur dont il avait fait preuve tout de suite après. Comme s'il avait lu son attirance pour lui sur son visage et avait voulu la remettre à sa place. Comme si elle lui avait consciemment adressé une invitation ! Ce qui n'était pas le cas, bien sûr ! Ses réactions étaient purement physiques, et elle avait honte de leur intensité. De leur évidence. Que lui arrivait-il ? Même avant de suivre ses cours de communication, elle était très douée pour gérer l'imprévu et renverser n'importe quelle situation en réagissant avec célérité. Dire qu'elle avait l'habitude de garder son sang-froid en toute circonstance… Aujourd'hui, elle était au bord de l'hyperventilation. Luca était tout l'opposé des clients qu'elle avait eus jusque-là. Ce n'était pas un jeune de milieu modeste devenu star et dépassé par les événements. Il avait été élevé pour monter sur le trône. Et surtout, c'était un homme à la vie irréprochable, qui voulait qu'elle élabore un plan pour compromettre sa réputation. « C'est vous que je veux. » Il avait laissé entendre qu'il la jugeait particulièrement compétente, mais le doute et l'inquiétude la rongeaient. Et s'il l'avait choisie pour d'autres raisons ? Dans l'ascenseur, Amy envoya un texto à Clare et à Bea pour les informer de son départ en compagnie d'un nouveau client important qui avait offert un « budget substantiel ». Impossible de se raconter des histoires. Luca Albizzi n'était pas un client comme les autres. Pas seulement parce qu'il était roi. Ou plus sexy que tout un calendrier de rugbymen. En sa présence elle réagissait comme une… Elle inspira profondément. Oui, c'était difficile à admettre, mais c'était vrai. Elle réagissait comme une collégienne. C'était insensé ! Elle était plus âgée et plus mûre qu'autrefois. Pas question de retomber dans le piège de l'amour obsessionnel. Elle avait toujours besoin d'affection, comme tout le monde, mais elle ne laisserait plus jamais un homme en profiter pour se servir d'elle. De toute façon, Luca Albizzi était un client. Leur relation devait rester strictement professionnelle. Et elle le resterait. Au moment où les portes de l'ascenseur s'ouvrirent, elle reçut un texto de Clare lui assurant qu'elle s'occuperait à distance des affaires en cours. Puis un autre de Bea, qui lui promettait de lui envoyer un contrat type. Ni l'une ni l'autre ne lui reprochaient sa disparition, c'était incroyable ce soutien sans faille qu'elles lui apportaient tout le temps.

Amy se précipita dans la boutique. Par chance elle avait une silhouette qui lui permettait de trouver facilement des vêtements et elle ne mit que quelques minutes à faire son choix. Elle reprenait son souffle après avoir descendu en courant l'escalier menant au parking quand un signal sonore annonça l'arrivée de l'ascenseur. Les gardes du corps de Luca en sortirent. L'un d'eux la dévisagea, puis hocha brièvement la tête quand il la reconnut. Un SUV s'immobilisa devant l'ascenseur, duquel Luca sortit à son tour. Il jeta un coup d'œil à Amy, puis se dirigea vers la portière arrière qu'un garde du corps venait de lui ouvrir.

— Je ne pensais pas que vous trouveriez ce dont vous aviez besoin en moins d'une heure, dit-il en baissant les yeux sur le sac qu'elle ramassa avant de le rejoindre. Votre capacité à tenir vos promesses est rassurante.

— Rassurer mes clients est la base de mon métier.

Elle confia ses achats à un garde du corps et s'installa sur la banquette arrière à côté de Luca, en s'efforçant d'ignorer les effluves de parfum masculin et de café qui embaumaient l'habitacle. Alors que la portière se refermait et que le SUV démarrait, elle sortit sa tablette de sa serviette. Elle était là pour travailler, rien de plus, rien de moins.

— Il me faut quelques renseignements sur votre famille et votre parcours. Je peux les chercher, à moins que vous ne préfériez me les donner vous-même ?

Il appuya sur un bouton et attendit que la cloison de séparation soit entièrement fermée pour demander :

— Que savez-vous de ma famille ?

— Peu de chose. Que votre père est décédé récemment. Il y a six mois ? Je suis désolée.

Il se contenta d'un mouvement brusque de la tête.

— Et votre mère a disparu il y a beaucoup plus longtemps, je crois ?

— Vingt ans. Nous avions onze ans.

La souffrance se lut furtivement sur le visage de Luca, et Amy éprouva une compassion beaucoup plus vive qu'elle ne l'aurait voulu.

— Cette perte a dû être très douloureuse pour votre sœur et vous. Je suis vraiment désolée.

— Merci, dit-il d'un ton bourru.

La disparition de sa mère avait beau dater de deux décennies, il semblait en être encore très affecté. Beaucoup plus que par la mort récente de son père.

— Et la princesse Sofia… je crois qu'elle a effectué quelques missions diplomatiques ?

— Sofia est extrêmement douée.

Luca se redressa sur son siège, visiblement fier de sa sœur.

— À un an elle défendait déjà la cause des filles… Nous avons fait tous les deux des études de sciences économiques, mais alors que j'ai bifurqué vers les nouvelles technologies elle a passé un doctorat en sciences humaines. Plus récemment elle a participé aux négociations des accords commerciaux entre les pays des Balkans. Elle a également fait de l'excellent travail dans les domaines de l'aide aux réfugiés, de la protection maternelle et infantile, et de la réponse aux situations d'urgence.

— Je l'ignorais.

Amy déglutit péniblement. Ayant été déshéritée par ses parents elle avait eu des débuts difficiles, mais elle avait fait du chemin depuis. Cependant, les femmes comme la sœur de Luc lui donnaient le sentiment qu'elle était d'une nullité effroyable.

— Elle est remarquable. Et beaucoup plus douée que moi pour la politique parce que beaucoup plus patiente. Nous sommes d'accord sur les réformes à entreprendre à Vallia, mais pour ma part j'aurais tendance à vouloir les imposer. Alors que, de son côté, elle est prête à prendre le temps nécessaire pour parvenir à un consensus et à un véritable changement civilisationnel. Non seulement le rôle lui convient beaucoup mieux qu'à moi, mais elle est sans doute plus qualifiée. Et surtout, elle est plus âgée que moi d'une heure. La Couronne lui revient de droit.

— Eh bien… Il est rare qu'un homme puissant soit prêt à céder sa place à quelqu'un d'autre, surtout à une femme. C'est très généreux.

— Je ne suis pas généreux, objecta-t-il d'un ton crispé. Je suis juste assez intelligent pour voir l'évidence et assez loyal envers mon pays et ma sœur pour faire le choix qui s'impose pour le bien de tous. Ça n'a rien à voir avec de la générosité.

Il utilisait de nouveau ce ton… Celui qui semblait la mettre en garde contre les visées qu'elle pourrait avoir sur lui. Message reçu.

— Quel mal y a-t-il à être généreux ? Bon ? Bienveillant ?

— Je ne dis pas qu'il faut être cruel. Mais la générosité ou la bienveillance impliquent des sentiments. Or il n'y a rien de plus addictif que les sentiments. Sans s'en rendre compte on se met à agir uniquement dans le but de se sentir généreux. D'avoir l'approbation des gens parce qu'ils vous trouvent bienveillant. Mais diriger un pays, et *bien* le diriger, exige de ne pas trop s'investir personnellement. Sinon, on ne cherche qu'à cultiver son image de générosité et on perd de vue les véritables intérêts du pays et de ses habitants.

— Il y a là une certaine ironie, répliqua-t-elle. Vous estimez que renoncer à la Couronne est la bonne décision, mais votre volonté de prendre la bonne décision fait justement de vous la personne idéale pour cette fonction.

— C'est pour cette raison que ma sœur n'a pas l'intention de la revendiquer. Elle ne veut pas plonger Vallia dans le chaos en faisant valoir ses droits, parce que je suis à la fois capable de gouverner et très populaire. Elle ne peut pas me détrôner sous prétexte que je serais inapte. Il faut qu'elle apparaisse clairement comme un meilleur choix que moi. Comme la personne à même de sauver le pays d'une nouvelle débâcle.

— Pour quelle raison n'était-elle pas considérée comme la première dans l'ordre de succession ?

— Par pur sexisme. Notre père jugeait qu'avoir une femme pour héritière ternirait son image. Il était trop égoïste et narcissique pour prendre les meilleures décisions pour Vallia. Quand il s'est avéré que ma mère attendait des jumeaux, fille et garçon, il a déclaré que le garçon lui succéderait. Sofia est née la première, ce qui faisait d'elle l'héritière du trône, mais il n'a pas changé d'avis pour autant. Et, comme à l'époque il avait le Conseil dans sa poche, personne n'a émis la moindre objection.

— Ce Conseil a-t-il encore de l'influence ? Ne pouvez-vous pas tout simplement abdiquer ?

— J'ai essayé. Dès que j'ai été assez grand pour comprendre la situation, j'ai commencé à mettre en question mon statut d'héritier.

Luca pianota nerveusement sur le bras de son fauteuil.

— Notre mère craignait de perdre le peu d'influence qu'elle avait si elle défendait les droits de Sofia. Elle a préféré accepter de m'élever comme un futur roi et elle en a profité pour réunir autour de moi des conseillers très conservateurs. Ces derniers ont eu à cœur de me former à devenir un meilleur roi que mon père. Ce qui est une bonne chose, vu le genre de personnes dont il s'entourait, ajouta-t-il en lançant un regard en biais à Amy.

— Je ne prétendrai pas ne pas avoir lu les gros titres.

La plupart concernaient les amours multiples du défunt roi.

— Cependant, je n'ai pas l'habitude de me fier aux ragots. Surtout en ligne. Les paparazzis sont prêts à poster n'importe quoi pour accumuler les clics.

Après tout, si le père de Luca avait une vie amoureuse

tumultueuse, ça posait un problème d'image, mais ça ne remettait pas forcément en question ses capacités à gouverner.

— Tout ce que vous avez pu lire sur mon père est non seulement vrai mais aussi très édulcoré, déclara Luca d'un air sombre. À sa mort j'ai proposé que ma sœur monte sur le trône à ma place, mais les conseillers m'ont assuré que Vallia se trouvait dans une situation trop précaire pour supporter un tel scandale. D'après eux il faut à tout prix redorer l'image du pays sur la scène internationale, et c'est moi qui dois m'en charger.

— Il ne s'est écoulé que six mois depuis. La situation s'est-elle suffisamment améliorée pour que Vallia puisse supporter sans dommage votre abdication ?

— C'est le moment idéal pour faire la démonstration que les comportements tolérés chez le roi précédent ne sont plus admis aujourd'hui. Un petit scandale bien ciblé permettrait à ma sœur de prouver qu'elle est capable de prendre des mesures drastiques pour le bien de Vallia, à commencer par me détrôner. Elle rallierait tout le pays.

« J'ai besoin de quelque chose d'assez mauvais goût pour faire douter de mon aptitude à représenter le pays, mais pas indigne au point de m'empêcher d'exercer des fonctions importantes une fois que les choses se seront calmées. Je n'ai pas l'intention de laisser Sofia en plan. Je veux juste lui rendre ce qui lui revient de droit.

— Que comptez-vous faire une fois qu'elle sera sur le trône ?

— Après des années d'incurie, l'économie de Vallia est en crise. Et les récents événements qui ont secoué la planète n'ont rien arrangé. Avant d'être accaparé par mes responsabilités de monarque, je travaillais à développer le secteur des énergies renouvelables. Nous avons une équipe réduite mais exceptionnelle de spécialistes des technologies relatives à la filière solaire, et une autre chargée de l'amélioration des méthodes de recyclage des déchets plastiques.

— Faites attention, plaisanta-t-elle. Vous semblez presque enthousiaste. Je crois bien que c'est l'expression d'un sentiment.

— Ne cherchez pas à nouer des liens amicaux avec moi, répliqua-t-il sèchement. Je vous donne juste les informations dont vous avez besoin pour faire votre travail. C'est tout. Nous ne serons jamais proches. Pas seulement parce que nous ne partagerons jamais le même cadre de référence, mais parce que je ne le permettrai pas. Ça ne m'intéresse pas.

Amy eut un pincement au cœur. Jamais aucun de ses clients ne lui avait parlé de cette façon.

— Entretenir des relations cordiales avec mes clients me permet d'installer un climat de confiance et de travailler dans une atmosphère détendue. Ce qu'ils apprécient beaucoup étant donné que pendant toute la durée d'une campagne nous sommes amenés à nous côtoyer tous les jours.

Luca lui lança un regard glacial.

— J'ai payé le prix fort pour votre loyauté, par conséquent la confiance fait partie du contrat. C'est tout ce qui m'importe. Je n'ai pas besoin d'une atmosphère détendue et encore moins de bavardages superflus.

Piquée au vif, elle serra les dents. Il était tentant de faire remarquer à Luca Albizzi qu'il aurait justement bien besoin de se détendre un peu… Mais il était le client. Or le client avait toujours raison. Du moins il fallait agir comme si c'était le cas. Le SUV venait de pénétrer dans un aérodrome privé. Il s'immobilisa à proximité d'un jet dont la queue était ornée du drapeau vallien. Amy descendit du véhicule, puis monta à bord du jet sans faire de commentaire.

Tout en buvant à petites gorgées un alcool à base d'oranges amères de Vallia, Luca observait Amy à la dérobée. Était-elle blessée par sa rebuffade ? Si oui, elle le cachait bien. Le sourire qu'elle adressait à l'hôtesse était joyeux, et elle se mettait au travail avec entrain. Il ne la quitta pas des yeux tandis qu'elle téléphonait à son assistante pour lui donner des instructions concernant les dossiers à traiter en son absence, puis demandait du café à la place de l'alcool qu'on lui proposait. Le tout sans cesser de sourire ni d'écrire sur sa tablette.

Elle semblait très à l'aise dans son jet, comme si le luxe ne l'impressionnait pas. Comme si c'était quelque chose de normal. Il est vrai que, travaillant pour des célébrités, elle avait dû voyager plus d'une fois en jet privé. Mais pourquoi était-il déplaisant de l'imaginer confortablement installée dans le jet d'une rock star ? Il se moquait éperdument qu'elle ait l'habitude d'échanger des mots d'esprit avec des comédiens réputés ou des auteurs dramatiques en vogue. Et savoir combien d'amants elle avait eus, riches, pauvres ou autres, ne l'intéressait absolument pas. Non, s'il était à cran c'était pour d'autres raisons, qui lui échappaient. Luca pressa le bouton de commande de la climatisation pour baisser la température de quelques degrés, desserra son nœud de cravate.

— Je vous envoie le contrat à transmettre à votre service juridique, déclara Amy en levant les yeux vers lui.

Son regard était professionnel mais teinté de vulnérabilité. Peut-être pas si indifférente que ça, finalement… Assailli par une bouffée de désir, il se concentra sur l'écran de son téléphone et transféra le document dès son arrivée. Quelques secondes plus tard, il se surprit à entrer son nom dans le moteur de recherche pour en savoir davantage sur elle. Irrité contre lui-même, il éteignit aussitôt son téléphone.

— Dans quelles circonstances avez-vous été amenée à choisir ce secteur professionnel ? Votre société n'a que deux ans, n'est-ce pas ? Mais elle a obtenu un prix tout récemment, il me semble ?

— Pour une campagne internationale, oui. Très exactement pour « L'utilisation inventive des médias sociaux et traditionnels dans une campagne de lancement de produit international. »

Elle roula les yeux.

— Les prix de ce genre sont tellement ciblés qu'ils n'ont pas de réel écho en dehors du milieu des relations publiques. Mais avec un peu de chance ça permet d'être positionné en tête pendant quelques jours dans les pages de résultats des moteurs de recherche.

— C'est comme ça que votre société a attiré mon attention. Le prix a donc été utile.

— Je le dirai à Clare, répliqua-t-elle avec un large sourire.

— Votre associée.

Il se souvenait vaguement du nom et de la photo figurant sur le site. Le visage de la jeune femme brune n'était pas aussi énergique que celui d'Amy, qui l'avait incité à consulter sa bio et à tomber sur d'innombrables témoignages positifs.

— Clare est une de mes meilleures amies de pension. C'est elle qui a créé London Connection avec l'héritage que lui a laissé son père. Au début, nous nous limitions à la promotion. J'étais chargée d'organiser des événements médiatiques au cours desquels des célébrités faisaient des apparitions. Dès que nous avons élargi nos services à la résolution de problèmes et à la gestion de crise, notre activité a explosé. Si bien que nous avons poussé notre amie Bea à quitter son cabinet d'avocats pour nous rejoindre.

Amy eut un sourire affectueux.

— Nous sommes de nouveau réunies toutes les trois. C'est la vie professionnelle rêvée pour moi.

— J'ai cru déceler une pointe d'accent américain dans votre voix. Vous venez des États-Unis ?

— À l'origine, oui. Nous avons déménagé aux États-Unis quand j'avais cinq ans. Je suis allée en pension quand mes parents ont divorcé. Je m'apprête à faire des recherches sur votre fondation. Fondo Della Regina Vallia, c'est bien ça ?

— Oui, c'est ça.

— J'ai quelques idées pour une campagne de sensibilisation et de promotion. Laissez-moi vérifier quelques détails supplémentaires.

Elle reporta son attention sur sa tablette, le visage masqué par ses cheveux. Tactique classique. Éviter le sujet qu'on ne veut pas aborder en détournant la conversation. Amy Miller était adroite. Et beaucoup moins spontanée qu'elle voulait le paraître. Il était tentant de lui rappeler que c'était elle qui tenait à nouer des relations cordiales avec ses clients… Mais il n'avait pas réellement envie de se moquer d'elle. Il avait envie de la connaître. De savoir ce qui lui plaisait. Elle avait vingt-huit ans, et au moins quelques-uns des hommes en compagnie desquels elle avait été photographiée avaient dû être ses amants. Peut-être quelques-unes des femmes également. Qu'en savait-il ? Une seule chose était sûre, elle l'attirait. Ce qui faisait d'elle une créature extrêmement rare, parce qu'il y avait très peu de maîtresses potentielles autour de lui.

Très tôt la reine avait entouré ses enfants de précepteurs et de gardes du corps hyper vigilants, qui avaient constitué une sorte de barrière entre eux et le monde extérieur. Elle avait voulu avant tout éviter à ses enfants d'en savoir trop sur la vie dissolue de leur père, mais elle avait également eu en tête les intérêts de Vallia. À sa mort, une petite guerre civile avait éclaté au sein du palais. Les conseillers de Luca et de Sofia étaient entrés en conflit avec la clique de leur père, des hommes ayant plus de pouvoir mais aussi plus de choses à cacher. À cette époque où Luca et Sofia n'étaient pas encore conscients de la situation, des accords passés entre les deux camps avaient permis à chacun de camper sur ses positions. C'était seulement à la mort de leur père que Luca et ses conseillers avaient enfin réussi à éliminer du palais tous les éléments corrompus. Luca avait installé aux commandes ses propres conseillers, qui à présent comptaient y rester. Si bien qu'il se trouvait dans l'impossibilité d'abdiquer et qu'il continuait à mener une existence de moine. Il était accaparé par ses responsabilités et surveillé de trop près pour pouvoir s'autoriser autre chose que quelques nuits occasionnelles avec des femmes croisées lors de ses déplacements à l'étranger. Il détourna les yeux des boutons ouverts de la robe d'Amy, qui laissaient deviner la naissance de ses seins. Son assistante arriva, sa tablette à la main, avec plusieurs questions à lui poser. Il s'efforça de se concentrer sur les responsabilités qui étaient encore les siennes.

Quand tout serait terminé, il pourrait peut-être envisager de s'intéresser de plus près à la rayonnante Amy. D'ici là, il devait rester l'irréprochable roi de Vallia.

# 3.

Le père d'Amy avait l'habitude de dire que du pétrole coulait dans ses veines et qu'il avait un derrick à la place du cœur. Son arrière-grand-père était tombé sur un gisement de pétrole dans une petite ferme du Texas, et la famille n'avait plus jamais cessé de remplir des barils d'or noir depuis. Son père était le président de Resource Pillage International, si sa compagnie pétrolière n'avait pas changé de nom. Il était retourné au Texas peu de temps après le divorce, puis il s'était remarié. Aujourd'hui il était trop occupé avec ses nouveaux enfants pour appeler son aînée plus d'une ou deux fois par an.

Quant à la mère d'Amy elle appartenait à une famille de bootleggers, même si elle refusait de l'admettre. Son arrière-grand-père était né à la fin de la prohibition. La famille s'était empressée de blanchir l'argent de la contrebande en l'investissant dans des brasseries légales disséminées à travers tout le Midwest. Deux générations plus tard, ils avaient épaissi de plusieurs couches leur vernis de respectabilité via une chaîne de concessionnaires automobiles, des boutiques de mode et surtout une agence de communication sur Madison Avenue.

Désireuse de soigner encore davantage son image, la mère d'Amy avait insisté auprès de son mari pour déménager à Londres, où elle avait troqué son accent new-yorkais contre celui d'Oxford. Depuis son premier divorce elle n'avait pas cessé de s'élever dans l'échelle sociale en épousant une succession d'hommes détenteurs de titres prestigieux comme Nigel, actuel lord chancelier d'Angleterre et du Pays de Galles.

Il fallait reconnaître que sa mère lui avait appris une leçon très utile, songea Amy. Si la réalité n'était pas agréable, il suffisait d'arranger certains détails pour en créer une plus séduisante. « Bien sûr que j'ai envie que tu vives avec moi, mais la pension te permettra de rencontrer des gens auxquels je ne peux pas te donner accès. » Et aussi : « Retarder le moment où tu pourras accéder à ton trust n'est pas une punition. C'est un moyen de t'aider à conquérir ton indépendance. »

Quand Amy répondit à son appel, les premiers mots de sa mère furent :

— Tu veux annuler notre déjeuner de mercredi ?

Comme si elle lui avait demandé son autorisation… Amy lui répéta ce qu'elle lui avait annoncé par texto.

— J'ai été obligée de quitter Londres précipitamment. Je ne pourrai pas être là.

— Où es-tu ?

*Dans une voiture en compagnie du roi de Vallia, en train de grimper sur une route en zigzag vers les vestiges d'un château qui surplombe la mer Tyrrhénienne.*

— Je suis avec un client.

— Qui ?

— Tu sais bien que je ne peux pas te le dire.

— Amy, s'il t'interdit de parler de votre relation ça ne mènera nulle part.

Amy réprima un soupir. Si sa mère avait travaillé dans l'entreprise familiale au lieu de choisir « héritière » comme carrière, elle saurait que son travail n'était pas une façade pour se trouver un mari riche.

— Je peux te rappeler plus tard, maman ? Nous sommes presque arrivés.

— Ce n'est pas la peine. Je ne suis plus libre pour déjeuner moi non plus. Neville… Tu te souviens de lui ? Il m'emmène en Australie pour quelques semaines.

— Ah ! fantastique. Profite bien de la plage.

— Hum, murmura sa mère d'un ton dédaigneux.

Adepte des chapeaux à large bord, elle fuyait le soleil et préférait absorber la vitamine D sous forme de compléments hors de prix.

— Ne fais pas de bêtises en mon absence. Neville est prêt à me demander en mariage. Je ne voudrais pas le décourager.

*Tu es sérieuse, maman ? Ça fait dix ans !* Oui, mais sa mère ne perdait jamais une occasion de lui rappeler ce souvenir cuisant. Amy ravala son indignation.

— Tu me connais. Travail, travail. À ce régime, je ne risque pas de m'attirer des ennuis.

— Tu portes des jupes courtes pour aller dans les clubs la nuit. Ce genre de travail est… Enfin, je suis sûre que je peux convaincre Neville de te présenter à quelqu'un si tu arrives à ne pas tout gâcher pour moi.

Luca entendait-il ce que sa mère disait ? Il avait terminé son appel et remis son téléphone dans sa poche. Cette berline était particulièrement silencieuse et donnait l'impression de rouler dans une bulle insonorisée…

— Il faut que j'y aille, maman. Bon voyage.

Amy interrompit la communication sans attendre de réponse. Elle allait avoir droit à un texto cinglant, mais tant pis. Elle était furieuse. Bea et Clare lui disaient toujours qu'elle n'était pas obligée de parler à sa mère si ça ne servait qu'à la rendre malade, mais c'était plus fort qu'elle. Elle ne pouvait pas s'empêcher d'espérer qu'un jour ça changerait.

— Tout va bien ?

Luca la regardait, le visage impénétrable. Elle prit conscience qu'elle venait de laisser échapper un soupir.

— Oui, mentit-elle d'un ton enjoué. Ma mère part en Australie pour quelques semaines.

— Vous n'avez pas mentionné de frère ou de sœur, tout à l'heure. Vous êtes fille unique ?

— Gâtée pourrie, conformément au cliché. J'ai eu tout ce qu'on peut souhaiter, sauf un frère ou une sœur. C'est pour cette raison que mes amis comptent tellement pour moi. Vais-je rencontrer votre sœur ?

Il y eut un silence révélateur. Luca avait sans doute compris qu'elle détournait la conversation pour éviter de parler d'elle…

— Elle est en déplacement et doit revenir avant la fin de la semaine, répondit-il d'une voix égale.

Ils passaient devant les ruines du château. Dans une cour entourée d'arcades à divers stades de délabrement, une jeune femme en uniforme parlait à un groupe sans doute constitué de touristes. Ces derniers se retournèrent tous pour braquer leur téléphone sur les vitres teintées de la voiture. Quelques secondes plus tard, lorsqu'ils s'arrêtèrent devant des grilles dorées le temps qu'elles s'ouvrent lentement, Amy jeta un coup d'œil curieux par-dessus son épaule.

— Le château fait partie du patrimoine national, expliqua Luca. Il est ouvert aux visites guidées. L'île de Vallia était une des destinations favorites de l'aristocratie romaine qui partait en villégiature. Le palais est construit à l'emplacement de la villa d'un empereur. Vous verrez quelques vestiges dans un des jardins.

Luca indiqua d'un signe de tête le palais qui venait d'apparaître au bout de l'allée que la voiture remontait lentement.

— Waouh !

Au premier regard, l'imposant monument de style baroque paraissait presque caricatural avec sa profusion de colonnes, de dômes, de corniches et surtout l'ornementation exubérante de la façade, chargée de sculptures, de volutes, de spirales et de rocaille. Des anges sculptés tenaient un cartouche affichant ce qu'elle supposa être la devise de Vallia, gravée dans la pierre.

— C'est incroyable.

— On peut accomplir des tas de choses quand on ne paye pas la main-d'œuvre, commenta Luca avec une moue méprisante. Vallia a été un comptoir de la traite des esclaves dans l'Empire byzantin. Les Normands ont ensuite utilisé les esclaves pour bâtir la forteresse pendant qu'ils faisaient la conquête de l'Italie du Sud. Le premier roi de Vallia les a de nouveau utilisés pour construire ce palais à la fin du XVII^e^ siècle, quand le Saint-Empire romain a mis en place le royaume de Vallia.

L'histoire était sombre, mais cela n'enlevait rien à la splendeur du palais. La pierre de la façade était d'un blanc éblouissant, tandis que le ciel bleu et les fleurs aux couleurs vives des jardins luxuriants se reflétaient dans les vitres des nombreuses fenêtres.

— On ne croirait pas qu'il est aussi ancien.

— Mon père l'a fait entièrement rénover.

— Les ouvriers ont été payés cette fois, j'espère ? lâcha-t-elle malgré elle.

Le visage de Luca se durcit.

— Oui, un salaire correct sur l'insistance de ma sœur et de moi-même, parce qu'il a été impossible de dissuader notre père d'entreprendre ces travaux. Ce n'était pas la meilleure utilisation qu'on pouvait faire des impôts de Vallia.

Ils descendirent de voiture, et la chaleur réconfortante de la pierre brûlée par le soleil enveloppa Amy tandis qu'une brise légère lui caressait la peau. Alors qu'ils montaient les marches conduisant à l'entrée du palais, un jeune homme se précipita pour ouvrir la porte. Amy eut le souffle coupé par la somptuosité de l'immense hall de marbre blanc veiné de rose et de bleu, dont les murs étaient ornés de stucs rococo.

En levant la tête vers la fresque peinte sur la coupole, elle fut prise de vertige et s'accrocha instinctivement au bras de Luca. Les anges qui batifolaient dans le ciel parmi des nuages joufflus et des rayons de soleil semblaient très… sexués. Elle sentit ses joues s'enflammer. Ce n'étaient pas des anges. Un satyre avait la main entre les cuisses d'une nymphe.

Un raclement de gorge la fit tressaillir. Elle détourna les yeux et vit un homme d'âge moyen vêtu d'un costume sombre. Il regardait sa main, toujours crispée sur le bras de Luca. Elle lâcha aussitôt ce dernier.

— Amy, je vous présente Guillermo Bianchi, mon secrétaire particulier. Guillermo, Amy Miller. Elle travaille chez London Connection, une agence de relations publiques. Elle va superviser les préparatifs du gala.

— J'ai reçu votre mail, *signor,* déclara Guillermo en saluant Amy d'un hochement de tête. Bienvenue. Votre chambre a été préparée, et des rendez-vous ont été pris avec l'équipe.

— Merci… je veux dire, *grazie.*

— Amy dînera avec moi dans ma salle à manger pendant son séjour ici.

Guillermo inclina la tête avec obséquiosité tout en parvenant à exprimer sa réprobation. Il invita Amy à le suivre dans un escalier monumental. Elle jeta un coup d'œil par-dessus son épaule, mais Luca s'éloignait déjà en direction d'un petit groupe de gens qui l'attendaient, l'air anxieux, tablettes et dossiers à la main.

Elle reporta son attention sur le décor, toujours aussi impressionnée. Elle avait grandi dans un milieu assez privilégié pour être capable de reconnaître des tapis anciens en pure soie tissés à la main ou des antiquités hors de prix. Après avoir longé une galerie interminable, puis descendu quelques marches, ils arrivèrent dans un salon où se mêlaient avec harmonie l'ancien et le moderne. Immense cheminée à gaz, hautes fenêtres donnant sur un jardin au milieu duquel se trouvait un bassin et mobilier de style victorien. Tout le décor de cette pièce était d'un raffinement extrême. À l'exception de la fresque érotique au-dessus du canapé... Amy déglutit péniblement.

— Le roi précédent a fait exécuter des reproductions de fresques de Pompéi, déclara Guillermo dans un anglais presque sans accent. J'ai demandé qu'on prépare du thé et des sandwichs. Vous serez servie dans quelques instants. Si vous avez besoin d'autre chose, n'hésitez pas à le demander à l'employée de service.

Amy dut se retenir pour ne pas demander si le canapé était un convertible, mais de toute façon Guillermo s'était déjà éclipsé. Elle visita les lieux et constata qu'elle se trouvait dans un véritable appartement indépendant doté d'une cuisine, d'un bureau avec vue sur les jardins et de deux chambres également décorées de reproductions de fresques érotiques de Pompéi.

Son maigre bagage attendait d'être défait dans la plus grande des chambres, à côté de quelques vêtements qui ne lui appartenaient pas mais étaient à sa taille. Dans la luxueuse salle de bains la baignoire était très tentante, mais elle se contenta de se laver les mains.

Une jeune femme apporta sur un chariot un plat à trois niveaux chargé de sandwichs, de pâtisseries et de truffes au chocolat ainsi que du café, du thé et une liqueur sucrée à boire avec de l'eau de Seltz. Amy lui demanda d'installer le tout sur la table de jardin qu'elle voyait depuis le salon. Un peu plus loin, le bassin, plein de nénuphars au milieu desquels se dressait une statue de Neptune, trident à la main, était entouré de colonnes délabrées. Sans doute des vestiges de la villa romaine dont Luca avait parlé. Entre les colonnes, des statues semblaient beaucoup plus récentes.

Hum… Les fesses nues du gladiateur rivalisaient avec celles de Luc. Quant à la sirène, elle était dotée d'une poitrine très généreuse. Après le départ de l'employée, Amy céda à la curiosité et alla regarder les statues de plus près.

— Mon père avait un goût douteux. C'est le moins qu'on puisse dire.

La voix de Luca la fit pivoter sur elle-même et lever les yeux. Il se tenait sur une terrasse qui était sans doute le meilleur point de vue pour admirer le bassin.

— Je ne pensais pas vous revoir avant le dîner.

Elle qui espérait avoir le temps de se ressaisir et de réfléchir à tête reposée aux événements de la journée… Elle s'efforça d'ignorer son trouble tandis qu'il descendait un escalier extérieur, puis se dirigeait vers elle d'une démarche souple.

— Je veux que vous puissiez commencer à travailler sans attendre.

— Oh !

La gorge sèche, elle jeta un coup d'œil nostalgique au thé et aux sandwichs qui l'attendaient sur la table.

— Je m'apprêtais à chercher des idées en prenant mon thé, mais j'ai quand même du mal à comprendre pourquoi vous souhaitez renoncer à la Couronne.

— Laissez-moi vous éclairer, répliqua-t-il en l'invitant d'un geste à le suivre sur le chemin pavé qui faisait le tour du bassin entre les colonnes.

Ils avaient à peine parcouru un mètre lorsqu'elle tomba sur un soldat en train de tripoter une nymphe. Les joues en feu elle jeta un coup d'œil furtif à Luca et sentit son visage s'enflammer de plus belle en constatant qu'il observait sa réaction. Cependant, il ne semblait pas amusé par son embarras. Au contraire, son visage déjà sombre se rembrunit encore.

— Oh ! ces Romains, plaisanta-t-elle d'une voix faible.

— C'est mon père qui a commandé ces statues. Alors qu'il aurait pu utiliser les fonds de mille manières plus utiles.

La première mesure que j'ai prise après mon couronnement a été de réduire les impôts. Malheureusement pas autant que nécessaire. Notre économie est en crise.

Tandis qu'ils marchaient entre les colonnes et des grappes de glycine qui formaient une sorte de charmille, les statues représentaient des scènes de plus en plus osées. Ils passèrent à côté d'une nymphe à genoux qui s'apprêtait à prendre dans sa bouche le sexe imposant d'un gladiateur. Luca semblait immunisé, mais à son grand dam Amy commençait à être émoustillée. C'était plus fort qu'elle, elle ne pouvait s'empêcher de s'imaginer avec Luca à la place des statues... Agenouillée devant lui elle refermait les mains sur ses fesses musclées tout en se penchant lentement vers son sexe fièrement dressé pendant qu'il...

— Savez-vous pourquoi Vallia a besoin d'une reine, Amy ?

Les joues en feu, elle déglutit péniblement.

— Non...

— Parce que le roi de Vallia c'est ça.

Il indiqua les statues d'un signe de tête.

— Un obsédé sexuel qui abusait de son pouvoir pour profiter de ses sujets.

Elle fut envahie par un grand froid. Les hommes qui abusaient de leur pouvoir, elle connaissait bien... Mais Luca n'appartenait pas à cette catégorie. Il vibrait visiblement de dégoût et d'indignation. Ce n'était pas pour s'amuser de son embarras qu'il lui montrait ces statues. C'était pour lui faire comprendre pourquoi il tenait tant à ce qu'elle accomplisse la mission étrange qu'il lui avait confiée.

— Vous n'êtes pas comme votre père.

Il crispa la mâchoire.

— Non, en effet. Mais il faut que je fasse croire au moins à quelques personnes que je pourrais le devenir. Brièvement.

Il regarda l'ombre étroite que faisait le trident sur une pierre de gué, puis il consulta sa montre.

— C'est un cadran solaire ! s'exclama-t-elle. Il est exactement « fellation et demie »…

Elle plaqua la main sur sa bouche, mortifiée.

— Je suis désolée. J'ai l'habitude de plaisanter pour détendre l'atmosphère quand je sens que mes clients sont stressés, mais je n'aurais pas dû dire ça. Ce n'est pas du tout professionnel. Je vous promets de ne pas recommencer.

Que lui avait-il pris ? Il devait avoir d'elle une opinion désastreuse…

Il eut une moue désabusée.

— Il en faudrait bien davantage pour me choquer. Les Romains eux-mêmes n'arriveraient pas à la cheville de mon père dans le domaine de l'obscénité.

Il s'éloigna du bassin pour se diriger vers un petit belvédère envahi par l'herbe, d'où on pouvait contempler la mer au loin. Amy le suivit, pleine de compassion.

— J'ai travaillé avec des tas de gens qui s'efforçaient d'étouffer des scandales. C'est très stressant. Je ne peux qu'imaginer la pression à laquelle vous êtes soumis depuis que vous êtes monté sur le trône.

— Depuis toujours, corrigea-t-il d'un ton amer. Toute ma vie je me suis efforcé de me démarquer de lui. Il fallait que je sois complètement différent, bien que lui ressemblant physiquement et me préparant à remplir le même rôle que lui. Un rôle dont il a donné une image si exécrable que je n'ai aucune envie de le jouer.

Visiblement consterné par ses propres paroles, il jura à mi-voix et passa la main devant son visage.

— Ça sonne comme une trahison. Oubliez que j'ai dit ça.

— Ne vous inquiétez pas. Je vous rappelle que je suis liée par l'accord de non-divulgation inclus dans le contrat. Comme il se doit. Y a-t-il encore des choses dont vous craignez qu'elles s'ébruitent ? Si oui, je peux peut-être vous être utile pour ça également.

Amy jeta un coup d'œil en direction du bassin, masqué par des arbustes.

— Pour commencer, je pourrais lancer des recherches confidentielles pour trouver un collectionneur susceptible d'être intéressé par ces statues.

Il balaya cette proposition d'un geste de la main.

— Oh ! tout le monde est au courant. Il est trop tard pour essayer de cacher leur existence.

La mâchoire crispée, il sembla réfléchir un instant, puis il la regarda d'un air abattu qui lui serra le cœur.

— En revanche, la façon dont il est mort ne s'est pas encore ébruitée, et il serait préférable que cela n'arrive pas.

— Voulez-vous m'en parler ? Vous n'êtes pas obligé, précisa-t-elle vivement. Mais, si vous le souhaitez, je suis là pour vous écouter.

Le décès de son père était officiellement dû à un arrêt cardiaque, mais ses circonstances exactes avaient été l'objet de nombreuses rumeurs.

— Ma sœur elle-même ne sait pas toute la vérité.

À l'évidence, ce secret lui pesait.

— Si vous craignez que certaines personnes fassent des révélations, nous pourrions négocier un accord avec une clause de confidentialité.

— Ça a déjà été fait. Et la poignée de gens qui savaient où il se trouvait cette nuit-là ont accepté l'argent sans discuter, soulagés d'échapper à une inculpation pour homicide involontaire. Cependant, ils ne sont pas particulièrement fiables.

Luca plongea le regard dans celui d'Amy.

— Très franchement, j'aurais préféré qu'il ait recours aux services de prostituées. Elles auraient eu une attitude professionnelle. C'est une fête qui a mal tourné. Il y avait des drogues dures.

— Ici ? Au palais ?

C'était fâcheux, mais elle avait déjà réglé des problèmes de ce genre.

— Dans le cachot.

Elle ne fut pas assez rapide pour masquer son effarement, et Luca hocha la tête.

— Oui, un vrai cachot.

Il eut une moue méprisante.

— En principe je ne juge pas ce que font les gens de leur temps libre. Mais quand on dirige un pays il vaut peut-être mieux éviter de se laisser attacher, puis fouetter par deux femmes tellement défoncées qu'elles ne savent pas comment vous détacher quand votre cœur lâche. Ni même qui appeler.

Amy plaqua la main sur sa bouche pour étouffer une exclamation effarée.

— Luca, je suis vraiment navrée.

Elle posa la main sur son bras sans réfléchir, et il se raidit imperceptiblement.

— Écoutez, avant que nous allions plus loin je dois vous poser une question. Êtes-vous sûr de ne pas être encore sous le choc de cette expérience ? Si j'étais à votre place, je n'aurais pas envie moi non plus de lui succéder et de reprendre son rôle. Cependant, renoncer au trône n'est pas une décision à prendre hâtivement.

— Le problème, ce n'est pas un incident isolé, Amy. C'est tout ce qu'il représentait. Tout ce dont il était capable et que j'ai découvert après sa mort. C'est effroyable. Bien sûr, j'ai procédé à un grand nettoyage quand je suis monté sur le trône, mais c'est insuffisant. Comment pourrais-je prétendre réparer ses erreurs, si je ne commence pas par la première de toutes qui est de m'avoir désigné comme successeur à la place de ma sœur ?

— Et personne n'est prêt à entendre cet argument ? Vous ne pouvez vraiment pas céder le trône à votre sœur sans avoir recours à une mesure aussi radicale que la mission dont vous m'avez chargée ?

— Mes partisans considèrent Sofia comme un excellent substitut, mais ils tiennent absolument à ce que je reste à ma place. Notre Constitution n'autorise pas l'abdication sans motif sérieux. Même si j'étais en invalidité, je resterais roi, et Sofia exercerait la régence jusqu'à ma mort. J'ai tout envisagé. Il n'y a qu'une solution. Il faut que je prouve que je suis un handicap pour le pays parce que finalement je ressemble trop à mon père.

— D'accord… En gros il existe trois catégories de scandales, selon qu'ils sont liés au sexe, à la drogue ou à la corruption. Apparemment, votre père trempait dans ces trois sortes d'affaires.

— Exact.

— Il est difficile de se remettre d'une affaire de détournement de fonds ou de pots-de-vin. Il vaut mieux éviter de vous faire passer pour un escroc, surtout si vous prévoyez de participer activement au redressement de l'économie par la suite.

— C'est vrai.

— Les affaires de drogue impliquent généralement d'entrer en cure de désintoxication, puis de suivre une psychothérapie. L'addiction étant une pathologie, vous risqueriez d'être obligé de rester sur le trône. C'est également très compliqué à gérer en matière d'image. Tout le monde guette une possible rechute, et il faut prouver jusqu'à la fin de ses jours qu'on reste abstinent. Je préférerais éviter un scandale lié à la drogue.

— Il ne reste donc que le sexe, commenta Luca d'un air consterné.

— Oui. Les gens aiment jouer l'indignation en cas de scandale sexuel, mais la plupart ont quelque chose à cacher dans ce domaine. Si bien qu'ils ont tendance à passer très vite à autre chose.

— Mais je ne peux pas feindre d'être coupable de harcèlement ni d'exploitation.

— Non, bien sûr. C'est quelque chose que je ne pourrais pas défendre. Dans les affaires de ce genre, London Connection est toujours du côté des victimes. Non, il faudrait plutôt quelque chose du genre tromperie ou adultère.

— Ce qui impliquerait que j'entame une relation avec une femme pour la trahir. Je ne veux faire souffrir personne.

— Alors quelque chose qui suggère que vous avez les mêmes goûts que votre père ?

— Pas question que je me fasse attacher ni fouetter. Ce n'est pas mon truc.

Amy s'efforça de chasser de son esprit les images qui l'envahissaient. Luca nu et ligoté, offrant ses fesses musclées au fouet…

— Peut-être…

Elle s'éclaircit la voix.

— Quelque chose en lien avec des jeux de rôle sexuels ?

— Divulguer des photos prétendument volées de moi déguisé en gladiateur ?

Il indiqua les statues entourant le bassin.

— Non, merci.

— Voyeurisme ?

— Caméras cachées ? Répugnant.

— Et si vous… aviez un comportement inapproprié en public ?

— Surpris la braguette ouverte ? Comme un exhibitionniste ?

— Non, en compagnie de quelqu'un.

— Mmm… Pourquoi pas, mais ça implique de compromettre quelqu'un d'autre. Et les photos postées sur Internet sont impossibles à supprimer. Continuez.

— Vous êtes vraiment difficile à satisfaire.

— Vous finirez par y arriver.

À son grand dam, elle fut parcourue d'un long frisson.

— Partouzes ?

Luca plongea dans le sien un regard qui accrut son trouble.

— Je préfère accorder toute mon attention à une seule femme. Et je refuse d'être en concurrence pour la sienne.

Elle sentit son cœur s'affoler de plus belle, en même temps qu'une chaleur intense la submergeait.

— Il ne reste pas grand-chose à part le fétichisme de la chatouille ou celui du pied.

Elle tourna instinctivement les yeux vers la mer en priant pour qu'une brise rafraîchissante lui apporte un peu d'apaisement. Jamais elle n'avait eu chaud à ce point. C'était comme si son sang était en ébullition…

— J'aime les belles chaussures, reconnut-il en baissant les yeux sur les siennes.

Puis son regard remonta lentement.

— Et la lingerie fine est toujours agréable.

Il voyait la dentelle de son soutien-gorge vert d'eau dépasser légèrement de l'échancrure de sa robe chemisier. Elle en était sûre… Voyait-il également qu'elle avait un mal fou à respirer ? Oh ! pourquoi la mettait-il dans un tel état ? Pourquoi ?

— Mais ce n'est pas vraiment un crime d'admirer une belle femme, n'est-ce pas ?

Suggérait-il que c'était ce qu'il était en train de faire ?

— J'ai envie de mal me conduire, Amy.

Elle laissa échapper un petit rire nerveux et s'efforça aussitôt de se ressaisir. *Reste professionnelle. Concentre-toi sur ta mission au lieu de l'imaginer en train de…*

— Oh ! j'ai une idée ! Il faudrait qu'une femme déclare être enceinte de vous.

Il arqua les sourcils.

— Ce genre de chantage n'a plus cours depuis l'apparition des tests ADN, si ?

— C'est justement pour ça que l'information serait prise au sérieux. Une femme ne peut dire ça que si elle a vraiment couché avec le père potentiel. Voici pourquoi cette idée me plaît.

Elle se mit à compter sur ses doigts avec enthousiasme.

— C'est une erreur très humaine. Elle ne sème pas le doute sur votre virilité. Elle vous permet de vous conduire honorablement en assumant vos responsabilités. Mais, la mère n'étant pas apte à devenir reine, votre sœur a une raison légitime de mettre en question votre jugement et de prendre votre place sur le trône.

— Ça ne marchera pas. Si je conçois un enfant alors que je suis sur le trône, l'honneur m'impose d'épouser la mère. Cet enfant deviendra le futur roi de Vallia, et ma sœur sera mise sur la touche définitivement.

— Il n'y a pas de bébé. Nous laissons filtrer qu'une femme vous a informé qu'elle *pense* être enceinte de vous. Vous prenez la nouvelle au sérieux, mais à peine le scandale a-t-il éclaté qu'elle découvre que c'était une fausse alerte. Elle n'a jamais été enceinte. De cette façon on évite l'annonce d'une fausse couche, qui en dehors de son côté dramatique pourrait être prise par certains esprits soupçonneux comme un avortement dissimulé. Le scandale concernera seulement votre imprudence, indigne d'un homme dont dépend l'avenir du pays. Votre sœur pourra faire valoir votre irresponsabilité pour vous remplacer sur le trône.

Le front plissé, Luca resta silencieux un instant.

— Pas de femme réelle ? Mon nom serait le seul à apparaître dans les médias ? Ça me plaît bien.

— Non, il faut une femme en chair et en os. Sinon le public s'interrogera éternellement sur cette maîtresse mystérieuse, et n'importe qui pourra se prétendre votre descendant caché. Il vaut mieux trouver quelqu'un avec qui vous êtes susceptible d'avoir couché. Peut-être une célébrité de la téléréalité ou une chanteuse pop. Je suis sûre que dans mon carnet d'adresses je peux trouver plusieurs femmes prêtes à faire ça pour la publicité.

Luca fit la grimace.

— Ça vous rebute ? demanda-t-elle, déçue.

Elle qui était si fière de son plan…

— La perspective d'utiliser quelqu'un ne me plaît pas. Mais si c'est une femme qui participe à la supercherie en connaissance de cause et qui peut en retirer un avantage, pourquoi pas. Le plan paraît efficace sans être trop déplaisant.

Il hocha la tête.

— Vous avez le feu vert.

# 4.

Un bruit distant se fit entendre, mais Luca ne se laissa pas distraire de son fantasme. La robe d'Amy, déboutonnée jusqu'à la taille, ne tenait encore sur elle que par l'intermédiaire de la ceinture corset en cuir noir. Sous la dentelle verte de son soutien-gorge les pointes de ses seins étaient nettement hérissées. Elle…

— *Signor ?*

Guillermo, secrétaire particulier mais aussi conseiller de Luca depuis toujours, s'éclaircit la voix ostensiblement. Réprimant un soupir, Luca leva les yeux.

— Oui ?

— À propos du travail de Mlle Miller pour la fondation…

Guillermo ferma la porte.

— Est-ce qu'elle a entrepris de tout réorganiser de fond en comble ? C'est pour ça que je l'ai engagée.

Si ça passait pour une décision impulsive et injustifiée, tant mieux.

Guillermo pinça les lèvres avant d'esquisser un sourire forcé.

— Le service de relations publiques du palais est parfaitement capable de s'occuper de cette promotion de dernière minute du gala. Le conseil d'administration de la fondation peut même gérer tout l'événement sans aucune aide. Je ne suis donc pas sûr que l'intervention de Mlle Miller soit nécessaire.

Luca serra les dents. C'était le genre de micro-management qu'il subissait depuis toujours, et s'il avait prévu de rester roi il y aurait mis un terme dès son accession au trône…

— Les membres du conseil d'administration appartiennent à la génération de ma mère. Ils s'investissent dans leur tâche et ils sont passionnés, mais au bout d'un moment le respect de la tradition relève du manque d'imagination.

— Avez-vous vu les gens de la génération de Mlle Miller ? Sa présence sur Internet est très pittoresque.

Le ton de Guillermo indiquait clairement que ce n'était pas un compliment.

— Elle a beaucoup de relations et elle sait comment en tirer parti.

— Mais quelles relations, *signor* ? C'est ce qui m'inquiète. Il y a de nombreuses photographies d'elle en compagnie de différents hommes, souvent mêlés à des affaires de drogue ou du même genre.

— Son travail consiste à désamorcer les scandales.

— Sommes-nous certains qu'elle n'en est pas la source ?

La méfiance de Guillermo n'était pas étonnante. L'ancienne responsable des relations publiques du palais encourageait les mauvais penchants du défunt roi.

— Même en admettant qu'elle soit honnête, elle veut convaincre les membres du conseil d'administration d'autoriser la vente de pyjamas portant le logo de la fondation. Elle pense que des célébrités pourraient être incitées à poster des photos d'elles portant ces pyjamas.

« Puis-je vous rappeler, *signor,* que vous avez insisté pour que toutes les personnes associées à des projets royaux offrent une image plus digne que par le passé ? Une annonce indiquant que vous avez changé d'avis m'aurait-elle échappé ?

— Vous savez bien que non. Je demanderai à Amy qu'elle me parle de cette opération pyjamas ce soir pendant le dîner et je jugerai de son opportunité par moi-même.

Guillermo feignit de ne pas comprendre qu'il était prié de s'en aller.

— Est-ce une bonne idée de dîner avec elle ? Elle est très familière. Et elle plaisante sans arrêt.

*Dio aiutami,* il était à bout de patience…

— Qu'on lui coupe la tête !

— J'attire juste votre attention sur le fait que, si elle était réellement britannique, elle aurait une idée plus précise du rôle d'un souverain, mais elle est née aux États-Unis…

— Elle a l'audace d'être américaine ? Mon Dieu, qu'allons-nous faire ?

— *Signor,* je ne voudrais pas que sa désinvolture ou son imprudence nuisent à votre réputation. Mlle Miller n'est pas la personne indiquée pour redorer le blason du palais.

— Au contraire, Amy s'y connaît bien davantage en image que vous et moi. C'est pour cette raison que je l'ai engagée.

Luca réprima un soupir. Amy Miller avait identifié très vite les problèmes soulevés par la mission inhabituelle qu'il lui avait confiée, et elle avait élaboré en un temps record un plan réalisable. Si seulement il pouvait engager davantage de collaborateurs de cette efficacité… Il ne supportait plus d'être entouré de vieux barbons qui ne juraient que par le protocole.

— Je suis sûr que c'est son apparence qui vous a influencé.

— Qu'insinuez-vous ?

— Juste qu'elle est très belle. C'est le genre de femme qui peut facilement charmer un homme et le distraire de ses obligations. Influencer son jugement.

— Je n'avais pas remarqué. Mais si vous avez du mal à faire abstraction de son physique je travaillerai directement avec elle. C'est plus sûr pour tout le monde.

— *Signor,* je suis parfaitement capable de travailler avec elle.

— Mais moi non ?

Luca était au comble de l'exaspération.

— J'ai trente et un ans et je suis le roi. Il est temps que vous me fassiez confiance. Je sais ce que je fais.

« Vraiment ? » Guillermo ne le dit pas, mais la question résonna quand même dans la pièce.

— Vous pouvez disposer.

Guillermo sortit en refermant la porte derrière lui d'un geste ferme. Luca laissa échapper un soupir de frustration. Son secrétaire n'était pas stupide. Et il n'avait pas tort. Oui, il était sensible au physique d'Amy. Ce qui n'était pas prévu au départ. Il fallait bien reconnaître qu'elle représentait une tentation à laquelle il était difficile de résister. Cependant, même s'il souhaitait paraître faillible, il était hors de question qu'il commette une faute qui pèserait sur sa conscience. Comme faire des avances non désirées à une employée. Dignité et responsabilité étaient ses mots d'ordre depuis toujours. Il ne s'était jamais autorisé le moindre faux pas. Même pas une de ces petites erreurs humaines qu'Amy trouvait si excusables.

Sa nature bienveillante était aussi désarmante que son sens de l'humour et sa beauté radieuse. Comment avait-il pu lui parler aussi facilement de son père ? Certes, leur contrat comportait un accord de non-divulgation. Mais tout de même. Les circonstances de la mort de son père étaient si épouvantables… Il n'avait jamais envisagé d'en parler à quiconque, même si ce secret le rongeait. À tel point qu'après l'avoir confié à Amy il avait éprouvé un profond soulagement. La volonté de cette dernière de nouer des relations cordiales avec ses clients n'était peut-être pas si aberrante.

Luca pouffa. « Il est exactement fellation et demie. » Tout à fait inapproprié vu la nature professionnelle de leur relation, mais nul doute qu'à l'avenir il se rappellerait ce commentaire à chaque fois qu'il regarderait le cadran solaire. Et il rirait de bon cœur au lieu de réprimer une furieuse envie de le réduire en miettes à coups de marteau.

Elle avait été troublée par toutes ces statues. Malgré ses efforts manifestes pour le cacher, il avait remarqué ses regards curieux, ses joues en feu, les pointes de ses seins bien visibles sous sa robe malgré son soutien-gorge en dentelle… Ce qui l'avait troublé à son tour. Dans une autre vie, ils auraient peut-être eu une conversation très différente au milieu de toutes ces scènes pornographiques. Et ils auraient peut-être fini par tenter d'en reproduire une ou… Stop ! Il fallait qu'il arrête avec ça. Elle travaillait pour lui. Il l'avait engagée.

Pour qu'elle ruine sa réputation.

Et leur discussion à propos des meilleurs moyens d'y parvenir avait été un des moments les plus drôles qu'il avait vécus depuis des années. Guillermo avait raison. Amy pouvait être très dangereuse pour lui sur le plan personnel. Luca consulta sa montre. Peut-être, mais il avait hâte que vienne l'heure de dîner.

Amy considéra le pantalon vert pistache et la veste en madras rose, vert et or, qu'elle avait achetés à la boutique de l'hôtel. C'était une tenue parfaite pour la réunion du lendemain avec le comité d'organisation du gala, mais elle n'était pas assez habillée pour un dîner en compagnie d'un roi. Elle hésita entre les deux robes pendues dans l'armoire. Respectivement rose pâle et bleu nuit, elles étaient très élégantes mais beaucoup trop sages à son goût. Avec ce rose pastel elle allait avoir le teint cireux. Et puis ces manches longues, c'était d'un ennui à mourir… Elle essaya la bleue, qui avait un col rond, des mancherons et une jupe en trapèze avec une fine superposition de tulle. Elle fut tentée de la mettre avec sa ceinture corset en cuir, mais finalement elle opta pour la ceinture de la robe rose, une tresse étroite avec un fermoir à paillettes qui égayait le bleu. Au lieu des escarpins vernis également trouvés dans le dressing, elle mit ses talons aiguilles argent. Puis elle remonta tous ses joncs au-dessus du coude. Il n'était pas possible de cacher le tatouage sur son bras et son épaule, alors autant le souligner.

Ses cheveux étaient relevés en un chignon haut dont s'échappaient quelques mèches qui lui caressaient les joues, et le maquillage subtil de ses yeux mettait en vedette son nouveau rouge à lèvres cramoisi. Elle était prête à affronter Luca.

En tout cas, il fallait l'espérer.

Le jeune homme qui la guida à travers le palais – un valet de pied ? – lui lança des coups d'œil dans toutes les surfaces réfléchissantes devant lesquelles ils passèrent. Elle n'était pas faussement modeste. Elle était consciente qu'elle attirait le regard des hommes. Avant même son adolescence, sa mère l'avait préparée à jouer de sa féminité pour être agréable aux hommes. En réalité, son but était de l'entraîner à les manipuler. Malheureusement, elle ne lui avait pas appris à se défendre. Si bien que pour sa première expérience elle était tombée sur un prédateur, dont elle était devenue la proie sans même avoir conscience de ce qui lui arrivait. Mais ce n'était pas le moment de penser à ça. Le jeune homme la laissa dans un bureau qui comprenait un coin salon. Et où l'attendait un roi sublime.

— Amy.

Elle fut électrisée par la voix profonde de Luca et son intonation suggérant qu'il était content de la voir. Rasé de frais, il était vêtu d'un pantalon noir et d'une chemise bleu pâle qui soulignaient sa silhouette athlétique. Elle aurait presque souhaité qu'il porte une veste et une cravate. Ce dîner lui aurait semblé plus officiel, et elle se serait sentie plus en sécurité. Non qu'elle se sente en danger en tête à tête avec lui. Elle aurait juste aimé qu'il mette une sorte de barrière entre eux, parce qu'elle-même en était incapable. Pour se donner une contenance, elle concentra son attention sur les tapis anciens et les colonnes en bois sculptées. Pas d'images érotiques ici. Le décor associait peintures abstraites, mobilier contemporain et antiquités. Le bureau devait dater d'au moins trois siècles. L'ensemble était très élégant et… impersonnel.

De toute évidence, Luca ne s'était pas installé dans les lieux. Certes, il avait effacé de la pièce la présence de son père, mais il n'avait pas cherché à la marquer de la sienne. Il avait prévu d'abdiquer dès son accession au trône.

— Vous vous moquez vraiment des conventions, n'est-ce pas ?

Elle tressaillit, déstabilisée par la contradiction entre son ton approbateur et le reproche implicite contenu dans ses propos.

— Ça vous ennuie ? demanda-t-elle d'une voix mal assurée.

— Un peu.

Il servit deux verres de vin blanc et traversa la pièce pour lui en offrir un.

— C'est notre réserve privée. Si vous préférez, j'ai du rouge qui est moins sec.

— Merci, ça ira très bien.

Ils trinquèrent, et elle but une gorgée.

— Il est excellent. Je vais demander à être payée en caisses.

Il esquissa un sourire, puis indiqua son épaule.

— Vous permettez ? J'ai appris sur Internet que vous aviez un tatouage, mais je n'ai pas vu ce qu'il représentait.

Elle se tourna légèrement pour qu'il puisse examiner l'oiseau s'envolant d'une cage suspendue à une branche en fleurs.

— Pittoresque, murmura-t-il d'un ton amusé.

Était-ce une plaisanterie dont le sens lui échappait ? Elle

n'eut pas le temps de s'interroger longtemps. Le pouce de Luca effleura sa peau, et son esprit se vida en même temps que son corps s'enflammait.

— Il a dû demander beaucoup de temps.

— Quatre heures. C'était très douloureux. Et très cher. En fait, c'était une dépense stupide parce que j'étais à sec à l'époque, mais ma mère m'avait toujours menacée de me déshériter si je me faisais tatouer. Comme elle venait de mettre sa menace à exécution à l'avance, j'ai décidé de ne pas attendre.

— La mère que vous avez eue au téléphone dans la voiture ? Celle qui vous gâtait parce que vous étiez fille unique ?

— Oui. Mais un jour elle a arrêté.

Elle fronça le nez.

— Je préférerais éviter de parler de mes parents. C'est une relation compliquée.

— Pas de problème. Mais si un jour vous en avez envie n'hésitez pas.

— D'accord, répliqua-t-elle avant de boire une gorgée de vin, la gorge sèche. Vous en avez ?

— Des tatouages ? Non.

Il but son verre de vin et le posa sur une table basse.

— Non. À moi aussi on me l'avait interdit, mais ça m'était égal. Je n'ai jamais eu l'esprit de rébellion. Mon père estimait qu'être roi lui donnait le droit de faire tout ce dont il avait envie malgré les responsabilités inhérentes à son titre. J'ai été élevé dans un autre esprit.

— Par votre mère et ses collaborateurs.

— Oui. Et la conduite de mon père l'a affectée. Elle souffrait de dépression. D'où l'existence de la fondation. Elle l'a créée parce qu'elle comprenait les difficultés que rencontraient les gens qui cherchaient à se soigner. La dépression n'a pas causé sa mort, mais je pense qu'elle a affecté sa…

La souffrance crispa les traits de Luca.

— Sa volonté de se battre. Elle nous aimait, mais elle était désenchantée. Humiliée par la conduite de mon père, qui se moquait éperdument de l'effet qu'il pouvait avoir sur elle. En fait, il ne voulait pas être un bon mari, un bon père ou un bon roi. Il voulait juste prouver qu'il n'avait pas à se conformer aux convenances ni à faire passer les besoins de qui que ce soit avant les siens. En conséquence, je trouve la rébellion égoïste et détestable.

— Aïe ! dit-elle d'un ton qui se voulait désinvolte en posant à son tour son verre de vin sur une des tables situées en bout de canapé.

— Je n'ai pas voulu dire que vous étiez égoïste. Je parlais en général.

— Oh ! mais je l'étais. J'ai été pendant longtemps une sale gamine égocentrique.

Elle s'était sentie abandonnée quand ses parents l'avaient envoyée en pension après leur divorce. Elle avait pris l'habitude de réclamer des tas de choses dont elle n'avait même pas envie dans l'espoir qu'ils lui accordent leur attention et leur amour. Au fil des années elle n'avait cessé d'accumuler les bêtises, et il fallait bien reconnaître qu'elle était en partie responsable de ce qui s'était passé avec le moniteur de hockey sur gazon. À dix-huit ans, elle avait eu conscience de commettre une erreur en provoquant un homme qui en avait vingt-neuf, mais cela ne l'avait pas arrêtée.

— Je n'ai pas toujours donné libre cours à mon esprit de rébellion avec discernement. Cependant, je trouve très regrettable que refuser de respecter les convenances qui s'imposent aux filles et aux femmes soit considéré comme de la rébellion. Ma mère me disait tout le temps : « Évite de te faire remarquer. Tiens-toi bien. » Elle considère comme des tas de gens que les femmes ne doivent pas attirer l'attention sur elles parce que ça la détourne des gens vraiment importants. Les hommes, précisa-t-elle en roulant les yeux.

— Aïe ! plaisanta-t-il, visiblement amusé.

Elle réprima un sourire. Allons bon, elle le trouvait de plus en plus sympathique… Mieux valait se concentrer sur la raison de sa présence ici.

— Puis-je vous montrer les femmes qui me semblent susceptibles d'accepter de ruiner votre réputation ?

— Je pensais en avoir déjà une sous les yeux.

Amy faillit laisser tomber son téléphone.

— Je plaisantais.

— J'avais compris. J'ai juste été surprise parce que j'ignorais que vous en étiez capable, prétendit-elle en s'approchant de Luca pour lui montrer son téléphone. Voici quelques célébrités que je connais assez bien pour leur faire une proposition.

Ils étaient si proches l'un de l'autre qu'elle sentait la chaleur qui se dégageait de son corps et qu'elle sentait son parfum. Il prit son verre de vin, et elle l'entendit avaler une gorgée tandis qu'elle commençait à lui montrer des photos en lui fournissant une brève biographie pour chacune des femmes.

— Héritière d'un prestigieux constructeur automobile allemand, qui tente de lancer sa collection de vêtements. Star de la country, américaine, qui a gagné un prix pour une chanson sur son divorce houleux. Cousine d'un ambassadeur britannique, qui a créé un blog de cuisine très populaire.

Il les rejeta les unes après les autres, sans hésiter.

— Trop jeune. Personne ne croira que j'écoute de la musique country. Où aurais-je pu rencontrer une femme qui tient un blog de cuisine ?

Après six autres rejets, Amy éteignit son téléphone.

— Vous êtes trop difficile. Aucune ne sera parfaite.

— Si je ne peux pas imaginer être attiré par une femme, personne ne croira que je le suis.

Il reposa son verre.

— Quel genre de femme voulez-vous ? demanda-t-elle avec exaspération.

Le regard de Luca se promena sur son visage, s'attarda sur sa bouche, puis plongea dans le sien. L'éclat de ses yeux bleus l'électrisa avant qu'il regarde ailleurs. Le souffle court, elle vacilla sur ses talons aiguilles. Elle qui espérait que cette attirance était à sens unique… À présent qu'elle la savait partagée, il lui était beaucoup plus difficile de l'ignorer. L'espace entre eux semblait se réduire, comme si une force irrésistible les rapprochait l'un de l'autre.

— Je… Je croyais que…

Elle repensa à la façon dont il l'avait rabrouée à Londres.

— Que je vous laissais indifférent.

Il laissa échapper un profond soupir.

— Vous dites toujours ce que vous pensez, n'est-ce pas ? Je *voudrais* être indifférent. Mais je ne le suis pas.

Que dire ? Dans le silence qui suivit, elle sentit comme une force invisible. Était-ce un effet de son imagination ou bien Luca se rapprochait-il vraiment d'elle ? Soudain il fut si près qu'un long frisson la parcourut. Elle s'humecta les lèvres.

— Amy…

Dans la voix rauque de Luca il y avait à la fois un reproche et un aveu de défaite. Il posa une main sur sa hanche et s'empara de sa bouche. Elle fut assaillie par une foule de sensations délicieuses. Depuis combien de temps n'avait-elle pas embrassé un homme ? Embrassé réellement, avec avidité ? Alors qu'elle refermait les doigts sur la nuque de Luca, il l'enlaça et la plaqua contre lui. Leur baiser s'approfondit encore, de plus en plus fiévreux. Elle laissa échapper un gémissement et noua les bras autour de son cou, vibrante de passion. Jamais un baiser ne l'avait grisée à ce point. Jamais.

Tout à coup, Luca la saisit par les épaules et la fit reculer d'un pas. Le cœur serré, elle vit son visage se fermer. Puis il la lâcha et pivota sur lui-même, lui tournant le dos.

— *Si,* lança-t-il d'un ton vif.

La porte s'ouvrit.

*Oh ! non !* Quelqu'un avait frappé, et elle n'avait rien entendu ! Elle reconnut la voix de Guillermo et s'efforça de se ressaisir, cachée derrière Luca, le visage enfoui dans les mains. Les deux hommes échangèrent quelques mots en italien, et la porte se referma.

— Il y a un appel que je dois prendre.

Elle sentit que Luca attrapait son verre de vin sur la table derrière elle et elle l'entendit le vider d'une seule gorgée.

— Je vais être occupé pendant des heures. Votre dîner sera servi dans votre appartement.

Elle se força à relever la tête et tressaillit en le voyant.

— Vous avez du rouge à lèvres sur la bouche.

Il laissa échapper un juron et s'essuya la bouche du dos de la main. À la vue des marques rouges il jura de nouveau, d'un ton résigné.

— Je n'aurais pas dû faire ça. Je suis désolé.

Elle sentit son cœur se serrer.

— Moi aussi, dit-elle en priant pour que les larmes qui lui brûlaient les yeux ne coulent pas. J'y vais.

— Amy.

Il sortit un mouchoir de sa poche et lui prit le menton pour lui faire lever la tête. Avec des gestes doux il lui essuya les lèvres. Puis il essuya les siennes et les lui montra. Toute trace de leur baiser avait disparu. Comme s'il n'avait jamais existé. Elle hocha la tête, trop abattue pour prononcer un seul mot. Puis elle quitta la pièce, la gorge nouée.

# 5.

L'appel concernait un petit groupe de soldats d'élite en mission humanitaire à l'étranger. Un incident avait eu lieu. Personne n'avait été blessé, mais Luca devait préparer une déclaration et passer plusieurs autres coups de téléphone. Il termina tard dans la nuit.

— Prenez votre matinée, dit-il à Guillermo en se levant de son bureau.

— *Signor.*

Guillermo était remarquablement doué pour transmettre une foule de messages à travers ce mot unique. En l'occurrence il lui exprimait sa reconnaissance pour cette attention tout en lui assurant qu'il n'avait pas besoin de rattraper le manque de sommeil, mais ce n'était pas tout. Il exprimait également son inquiétude au sujet de Mlle Miller tout en faisant remarquer avec une pointe de suffisance qu'il avait eu raison de le mettre en garde à son propos.

— Je parlerai au Conseil privé demain matin, répliqua Luca en le regardant droit dans les yeux. Vous n'avez pas besoin de leur faire de rapport ce soir.

Guillermo pinça les lèvres.

— Comme vous voulez. Dormez bien.

Luca dormit très mal. Il but un peu trop tout en se maudissant, debout sur la terrasse de sa chambre donnant sur le bassin entouré de statues érotiques. Comment avait-il pu être assez stupide pour embrasser Amy ? C'était une erreur incompréhensible. Il avait reçu une éducation si stricte qu'il ne tolérait pas la faiblesse, surtout chez lui-même. Il était le Prince Prodige, après tout.

Et Amy était… L'image de son tatouage s'imposa à son esprit. Un tatouage étrangement joli et féminin. Il avait eu envie d'y poser les lèvres. De goûter sa peau et d'embrasser ce petit oiseau qu'il devinait aussi effronté qu'elle…

Il parvint à dormir quelques heures, puis il commença la journée très tôt. Il se réunit avec son Conseil privé, puis il parla brièvement au téléphone avec sa sœur accaparée par les derniers préparatifs d'une conférence diplomatique en Afrique du Nord. Ensuite, il se rendit à la réunion du comité d'organisation du gala. En pleine présentation de son projet, Amy se troubla visiblement à son arrivée. Vêtue de rose, de vert et d'or, elle était comme un oiseau tropical. Belle, avec un air de fragilité auquel il ne s'attendait pas. Des cernes se devinaient sous son maquillage, et son sourire était vacillant.

— Votre Majesté, dit-elle.

— Poursuivez, je vous en prie.

Debout au fond de la salle, il fit signe à tout le monde de rester assis.

— Je veux entendre votre argumentaire sur les pyjamas.

— J'y suis presque.

Elle finit d'expliquer comment elle comptait obtenir la participation d'influenceurs, puis elle afficha des photos de pyjamas en satin.

— Par moments, nous avons tous envie de prendre du recul et de cocooner.

Elle lui lança un regard plein d'appréhension, et son pointeur laser trembla légèrement tandis qu'elle entourait une veste de pyjama.

— Nous avons besoin de sécurité et de confort pour affronter plus sereinement les problèmes. En faisant porter par des célébrités les tenues proposées par la fondation, nous ne suggérons pas que les problèmes psychiatriques sont glamour. Certes, nous organisons une collecte de fonds, et certaines personnes auront envie d'acheter les pyjamas parce qu'ils les auront vus sur telle ou telle vedette. Mais par la même occasion nous incitons les gens à prendre soin d'eux. Nous transmettons l'idée qu'il est légitime de faire une pause de temps en temps.

Elle se tut, attendant visiblement les réactions en retenant son souffle. Des têtes se tournèrent vers Luca, et quelqu'un déclara :

— Les pyjamas ne seront jamais imprimés pour le gala.

— Non, en effet, approuva Amy. La campagne serait lancée le jour du gala, avec possibilité de passer des commandes. Les gens aiment être parmi les premiers à suivre une nouvelle mode. Le jour où ils recevraient leur pyjama, ils repenseraient à la fondation. Quelques mois plus tard vous pourriez proposer de nouvelles couleurs et envoyer d'autres bons de commande. Plus tard encore dans l'année il serait possible d'organiser une soirée pyjama confidentielle.

— Ça, ça ne me paraît pas très digne, murmura quelqu'un.

— Le message essentiel me plaît, intervint Luca d'un ton ferme. Et il permet d'envisager une campagne évolutive. Je vote pour. Amy, j'aimerais vous voir à propos d'une autre question quand vous aurez terminé la réunion.

Dès le départ de Luca, l'atmosphère changea. Quelques membres du comité ne cachaient pas leur réticence, mais ils semblaient du genre à ne pas aimer le changement. Les autres avaient d'abord hésité à manifester leur intérêt, sans doute pour ne pas risquer de les offenser. Mais à présent que Luca avait donné son accord ils posaient des tas de questions, visiblement impatients de lancer la campagne.

Amy leur répondit du mieux qu'elle le put, mais elle

avait du mal à se concentrer. Quand Luca était arrivé, elle avait cru qu'elle allait s'évanouir. Elle s'attendait plus ou moins à ce qu'il annonce qu'elle n'était plus chargée de l'organisation du gala et qu'elle devait prendre le premier avion pour Londres.

Elle avait passé la soirée à se traiter de tous les noms. Comment avait-elle pu être assez stupide pour répondre au baiser de Luca ? Certes, elle n'était plus une jeune étudiante impressionnable, mais il avait du pouvoir sur elle. Sur le plan financier avant tout, mais pas seulement. Il était assez influent pour détruire London Connection s'il décidait de l'accuser d'avoir tenté de le séduire pour obtenir un contrat ou s'il inventait n'importe quel autre mensonge. Était-il naïf de sa part de penser qu'il ne ferait jamais une chose pareille ? Elle le connaissait à peine, mais elle ne le croyait pas capable de se conduire d'une manière aussi ignoble.

Non, le véritable pouvoir de Luca c'était sa capacité à la priver de son sens commun. La veille, seule devant un repas qu'elle avait à peine touché, elle avait été tentée de déchirer leur contrat, de faire son sac et de disparaître dans la nuit. Cela lui aurait coûté un dédommagement pour rupture de contrat et aurait nui à sa réputation, mais elle avait déjà traversé des périodes difficiles. Elle s'était endurcie depuis la première fois où elle s'était retrouvée sans rien. Bien sûr, elle n'avait aucune envie de repartir de zéro une fois de plus, mais elle savait le faire. D'autant plus qu'elle avait quelques économies réservées aux imprévus. Elle pourrait donc se permettre de ne pas honorer le contrat passé avec Luca.

Cependant, elle n'était pas du genre à prendre la fuite. Et elle refusait de croire qu'elle était toujours assez faible pour se laisser subjuguer par un homme au point de gâcher sa vie. Cette époque était révolue. Si bien qu'hier soir au lieu de faire son sac elle s'était remise à travailler sur la présentation destinée au comité d'organisation du gala ainsi que sur son autre mission. Si Luca décidait de la renvoyer pour manque de professionnalisme, tant pis, avait-elle pensé.

Il ne l'avait pas renvoyée, mais elle était quand même déstabilisée. Parce qu'elle l'avait revu. Devant un groupe. Elle avait fait tout son possible pour paraître compétente et aussi à l'aise que s'il ne s'était rien passé entre eux, mais elle n'était pas du tout certaine d'avoir réussi. D'autant plus qu'il n'avait pas cessé de la fixer de son regard pénétrant… Amy s'efforça de contrôler sa respiration tandis qu'elle suivait l'employé qui la guidait dans l'aile privée du palais. Il la fit entrer dans une autre pièce que celle de la veille, un petit salon au décor vert olive et paille avec des touches d'ocre.

— Le roi ne va pas tarder, déclara-t-il avant de disparaître.

Elle inspira profondément et franchit la porte-fenêtre qui ouvrait sur un petit jardin ombragé plein de roses exhalant leurs parfums subtils aux notes de citron, framboise, thé vert ou miel. Une petite table ronde recouverte d'une nappe blanche était dressée pour deux. Fascinée par la vaisselle somptueuse, elle étudia les motifs dorés sur les assiettes en porcelaine ainsi que les incrustations d'or des verres en cristal. Une fleur d'orchidée jaune était posée sur un rond de serviette en or. Sur les couverts, visiblement en or également, était gravé en italien…

— Je vous ai vue…

Son cœur fit un bond dans sa poitrine, et elle reposa précipitamment le couteau qu'elle avait dans la main. Devant le regard noir qu'elle lui lança, Luca esquissa un sourire narquois.

— J'essayais de comprendre ce qui est gravé. Mon italien est très sommaire.

— Ce service de table a été commandé par mon arrière-grand-mère pour le mariage de mes grands-parents.

Il effleura plusieurs couverts tout en traduisant le mot gravé sur chacun.

— Respect. Honnêteté. Confiance. Loyauté. La base d'un mariage solide.

*Ne sois pas ridicule, tu n'as aucune raison d'être troublée,* se morigéna-t-elle alors que son cœur s'affolait et que ses joues s'enflammaient.

— Ma grand-mère l'utilisait toujours pour ses déjeuners privés avec ses amies.

Il rectifia minutieusement la position d'une fourchette.

— Ma mère aussi.

— C'est une belle tradition, commenta-t-elle avec un pincement au cœur.

Le message était clair. Elle était là en tant qu'amie. Rien de plus.

— Je suis honorée que vous la partagiez avec moi.

— Je suis sûr que les invitées se sentaient privilégiées d'entendre les potins du palais de la bouche de la reine elle-même, mais pour être honnête…

Il indiqua avec une moue sarcastique le couteau sur lequel était gravé *Lealtà*.

— Je pense que ces couverts étaient là pour leur rappeler que les secrets qu'elle leur révélait devaient rester entre elles.

— Comme dans toute bonne relation, répliqua-t-elle en s'efforçant tant bien que mal de contenir son indignation.

Elle n'avait pas l'intention de raconter à qui que ce soit qu'ils s'étaient embrassés, si c'était ce qui l'inquiétait ! Elle releva le menton.

— Notre contrat comprenant un accord de non-divulgation, il est inutile de me le rappeler avec une telle insistance. Savoir garder un secret fait partie de mon métier. Je n'ai pas besoin de couverts en or pour m'en souvenir.

— Je pensais qu'ils vous plairaient, expliqua-t-il d'un ton léger. Les couverts et le jardin.

— C'est vrai, admit-elle, déconcertée.

Un peu embarrassée, elle se sentit soudain privilégiée et

honorée. Ils s'assirent à table, et un serveur arriva avec le vin. Alors qu'elle buvait une première gorgée, son regard rencontra celui de Luca. Elle avala de travers et se mit à tousser en se maudissant. Il fallait à tout prix qu'elle se ressaisisse. Il n'y avait rien dans les yeux de Luca qui justifiait un tel trouble de sa part… Des antipasti furent servis, et ils commencèrent à manger. Le serveur resta à proximité, si bien que toute conversation personnelle était exclue. Luca lui demanda comment s'était passé le reste de sa présentation, et elle parvint à lui répondre de manière à peu près cohérente.

— Qu'est-ce qui vous a amenée à choisir les relations publiques comme profession ? demanda-t-il ensuite.

— Le hasard. Je travaillais comme serveuse dans un pub, où un groupe de musiciens jouait régulièrement. J'ai publié des vidéos sur les réseaux sociaux, où certains de mes contacts, que j'avais connus à l'école, appartenaient plus ou moins à la haute société. Filles de célébrités, ce genre-là. Parmi elles il y en avait une qui avait joué dans un film culte. Elle est venue à un concert, et le pub est devenu l'endroit branché de l'été.

« Un autre pub m'a demandé de le rendre visible lui aussi sur les réseaux, et le bouche-à-oreille a fait le reste. J'ai commencé à être connue dans le milieu musical. J'ai arrêté de servir des verres pour me lancer dans l'organisation et la promotion d'événements. Plus je connaissais de gens, plus j'en rencontrais de nouveaux.

— J'ignorais que vous aviez appris sur le tas. Je croyais que vous aviez fait des études.

— Par la suite j'ai suivi une formation.

Elle n'eut pas besoin de préciser pourquoi elle n'était pas allée à l'université. Après les antipasti, on leur servit du poisson et du riz au safran. Pendant qu'ils dégustaient ce plat délicieusement parfumé, Luca donna d'autres détails sur le palais et son pays. Le temps de terminer par une tarte à la crème et aux baies fraîches, ils avaient découvert qu'ils aimaient tous les deux les casse-tête et l'équitation – qu'ils trouvaient rarement le temps de pratiquer – et qu'ils partageaient la même fascination pour les contrées lointaines.

Elle avait complètement oublié qui il était et pourquoi elle déjeunait avec lui. Il y avait une éternité qu'elle n'avait pas passé un moment aussi agréable en compagnie d'un homme.

— Nous prendrons le café dans mon salon, dit-il au serveur.

Et elle redescendit brutalement sur terre. Ce n'était pas un rendez-vous. C'était un déjeuner professionnel. Elle se força à sourire.

— Oui, un café c'est une bonne idée.

Quelques minutes plus tard ils arrivèrent dans la pièce où ils s'étaient embrassés la veille. Les rideaux étaient ouverts et la pièce inondée de soleil, mais lorsqu'ils furent seuls une fois le café servi elle ne put s'empêcher de trouver l'atmosphère intime. Elle se dirigea vers le canapé d'une démarche mal assurée. Jamais elle n'avait compris aussi bien l'expression « marcher sur des œufs ». Devait-elle parler de ce qui s'était passé ? Exprimer des regrets et tourner la page ? Ou faire comme si de rien n'était et voir s'il abordait le sujet ? Finalement elle décida de faire une allusion détournée au coup de téléphone qui les avait interrompus.

— J'ai vu votre communiqué de presse, ce matin. Je suis heureuse que l'incident n'ait pas été plus grave.

Après un bref silence, il commenta d'une voix traînante :

— Vous devriez gagner votre vie en désamorçant des bombes.

— C'est ce que je fais, répliqua-t-elle en s'asseyant sur le canapé.

Elle sucra son café et poursuivit d'un ton qu'elle espérait désinvolte :

— Si nous n'en parlons pas, ce n'est pas grave. Sachez juste qu'il n'est pas dans mes habitudes de faire preuve d'un tel manque de professionnalisme.

— C'est moi qui ai eu un comportement inapproprié étant donné mon titre et le fait que je vous ai engagée. Je veux qu'il soit bien clair que je n'attends rien de vous en dehors de la mission que je vous ai confiée. Si vous préférez que nous annulions notre contrat, je le comprendrai.

Elle réprima une moue désabusée. N'étaient-ils pas les gens les plus civilisés de la planète ? Et pourquoi avait-elle l'impression d'être en train d'avaler de l'acide ?

— Nous sommes aussi responsables l'un que l'autre.

— Vraiment ?

— Je ne suis pas une victime.

Plus jamais. Elle le refusait catégoriquement.

— Et je ne pense pas que vous en soyez une non plus.

— Non, bien sûr. Au contraire. Je peux avoir à peu près tout ce que je veux. Mais il est de mon devoir de me contrôler.

— J'étais consentante. Je suis parfaitement capable de vous dire non, Luca.

*Si je veux*. Le problème c'était qu'elle ne voulait pas vraiment.

Il esquissa un sourire, mais soupira presque aussitôt.

— Qu'y a-t-il ?

— Ça vous rend encore plus attirante, cette force qu'on devine derrière l'image d'ange que vous donnez. Je trouve ça incroyablement fascinant. Je ne devrais pas vous le dire, mais nous n'en sommes plus à feindre que nous ne sommes pas attirés l'un par l'autre. Autant le reconnaître.

Vraiment ? Était-ce bien raisonnable ? Le souffle coupé par une émotion intense, elle faillit renverser son café.

— Nous ne pouvons rien faire, rappela-t-elle. Vous allez bientôt vous afficher avec une autre femme.

La mine de Luca s'assombrit.

— C'est vrai.

— Je crois que j'ai trouvé la personne qui convient.

— Oh ?

Il se redressa avec une moue sceptique.

— C'est une actrice, dit-elle en posant sa tasse sur la table basse. Elle joue une espionne dans cette série qui se passe pendant la guerre froide et qui est disponible en streaming. Elle est très populaire, et les différents épisodes sont tournés un peu partout en Europe.

« Que vous vous soyez croisés à un moment ou à un autre est donc vraisemblable. On pourra suggérer que vous vous êtes rencontrés par l'intermédiaire d'une relation commune qu'il ne sera pas nécessaire de nommer. Elle est très belle.

Amy chercha dans son téléphone une photo de la jeune femme et lui tendit l'appareil. Il y jeta un coup d'œil et le lui rendit.

— Pourquoi ne m'avez-vous pas parlé d'elle hier ?

*Parce qu'elle est très belle*. Elle se mordit la langue.

— Je ne la connais pas si bien que ça. Nous nous sommes rencontrées dans un club il y a quelques semaines.

Elle avait prêté une oreille compatissante à la jeune femme alors qu'elle lui parlait d'un homme qu'elle avait du mal à quitter.

— Je lui ai envoyé un message hier soir pour lui proposer une « occasion unique », sans entrer dans les détails. Elle est d'accord pour que nous en discutions de vive voix. La date et le lieu du rendez-vous restent à préciser.

— Combien pensez-vous qu'elle demandera ?

— Il faudra prévoir une compensation financière, bien sûr, mais je ne pense pas qu'elle soit motivée par l'argent ni par la publicité. Elle n'a besoin de personne pour générer les deux en abondance. Mais, en raison de confidences qu'elle m'a faites lors de notre rencontre, je crois qu'elle pourrait trouver utile d'être considérée comme liée sentimentalement à un homme de votre notoriété.

Luca arqua les sourcils d'un air interrogateur.

— Problèmes d'ordre privé. Je ne veux pas vous en dire plus, mais je suis sûre qu'elle vous expliquera elle-même la situation si vous vous mettez d'accord pour vous afficher comme un couple.

Il croisa les jambes et regarda par la fenêtre. Après un long silence qui la mit au supplice, il déclara :

— Je trouve ça détestable.

Elle sentit son cœur se serrer. Que trouvait-il détestable ? La perspective de compromettre sa réputation ? Ou bien le fait d'être obligé d'oublier leur baiser et de renoncer à toute relation ?

— Il faut que je le fasse, reprit-il en tournant de nouveau les yeux vers elle. Vous le comprenez ? Je ne peux pas remettre ça à plus tard ni…

Il poussa un profond soupir.

— Je ne peux pas choisir ce dont j'ai envie au détriment de ce que le devoir m'impose. De toute façon, je ne pourrais même pas vous offrir… Ce serait juste une seule fois, Amy. Rien de plus. Et même ça c'est déjà compromis.

Il avait raison, malheureusement. Mais ça n'en était pas moins déchirant… La mort dans l'âme, elle hocha la tête.

— Ne vous inquiétez pas pour moi. Mon travail passe avant tout le reste.

— Même chose pour moi.

Il eut une moue désabusée.

— Cette femme semble une bonne option. Rencontrez-la. Ne lui donnez pas mon nom tant que l'affaire n'est pas conclue.

— Bien sûr, acquiesça-t-elle, le cœur lourd. Avant de lui donner des détails sur ce que nous attendons d'elle, je lui ferai signer un accord de non-divulgation. Et je m'assurerai qu'elle est bien la personne qui convient avant de lui révéler qui vous êtes.

— Quand devez-vous la voir ?

— Je lui ai proposé demain après-midi et j'attends sa confirmation. Voulez-vous que je retarde le rendez-vous ?

— Non, demain c'est bien. Je veux que ma sœur puisse monter sur le trône le plus vite possible, répliqua-t-il d'un ton ferme en se levant.

— Je pense que nous sommes sur la bonne piste. En attendant sa réponse, je vais terminer la préparation du gala.

Elle se leva à son tour et se dirigea vers la porte.

— Amy, gronda-t-il d'un ton pressant qui la fit tressaillir.

Elle se retourna. Il avait les mains dans les poches mais les poings fermés, et ses traits crispés exprimaient une frustration intense.

— Ce serait juste une fois.

Ce fut comme si un gros soleil explosait dans sa poitrine. Le cœur gonflé de joie, elle sentit une vive chaleur se répandre dans tout son corps.

— Une fois c'est mieux que jamais.

Elle courut se jeter dans ses bras.

# 6.

Il la serra contre lui mais pinça soudain les lèvres, visiblement en proie à des scrupules.

— Juste une fois, plaida-t-elle avec fièvre, ignorant les vieux fantômes qui se réveillaient.

*Tu ne devrais pas. Tu le sais. Ça ne mènera à rien de bon.*

— Juste une fois, acquiesça-t-il d'une voix rauque.

Puis il captura sa bouche. Toute la frustration accumulée depuis la veille s'évanouit, et les fantômes furent réduits au silence. Ce baiser n'avait rien de commun avec ce vieux souvenir qui la rongeait depuis des années. Il était ardent mais doux. Elle se sentait en sécurité dans ces bras qui auraient pu la broyer mais ne le faisaient pas. La bouche de Luca était aussi généreuse qu'exigeante. Elle donnait autant qu'elle prenait. Et son regard brûlant attisait le désir qui la faisait vibrer tout entière.

— Personne ne risque d'entrer ?

Mieux valait éviter une nouvelle interruption.

— Non, murmura-t-il. Mais pour plus de sûreté…

Un bras autour de sa taille, il lui prit la main comme pour une danse et l'entraîna en tourbillonnant vers une porte discrète qui ouvrait sur une antichambre. De là, ils entrèrent dans une chambre immense. La chambre du roi, parfaite alliance de la somptuosité du palais et de l'austérité des goûts personnels de Luca. Une grande porte-fenêtre habillée de voilages donnait sur une terrasse avec vue sur le cadran solaire et la mer. Le sol de marbre était recouvert d'un épais tapis vert et or, tandis que le plafond était d'un bleu apaisant rehaussé de blanc et d'or. Devant une cheminée, des fauteuils et un canapé invitaient à la détente. Luca pressa un bouton qui déclencha le verrouillage de toutes les portes.

— Nous sommes tranquilles maintenant. Même le téléphone ne sonnera pas.

Il se tourna vers elle, et elle se blottit dans ses bras avec un petit soupir d'aise. Posant les mains sur ses joues, il scruta longuement son visage.

— Qu'est-ce qui ne va pas ? demanda-t-elle, soudain assaillie par le doute.

— Tout va très bien. Mais si nous n'avons qu'aujourd'hui pour nous j'ai bien l'intention de prendre mon temps et de graver chaque seconde dans ma mémoire.

— Oh… Moi aussi je veux te savourer, murmura-t-elle en passant la main dans ses cheveux.

Il changea légèrement de position, et le contact de son sexe durci contre son ventre décupla son excitation. Elle noua les bras sur sa nuque, il glissa les siens sous sa veste, et leurs bouches se joignirent avec avidité. Au comble de l'excitation, elle creusa les reins pour mieux se plaquer contre lui. Avec un grognement étouffé, il resserra les bras autour d'elle avant de l'obliger en douceur à reculer vers le lit. Il la cala contre celui-ci, les fesses à la hauteur du matelas, puis il prit place entre ses cuisses et pressa son sexe contre le sien à petits coups de reins, lui arrachant un gémissement de pur plaisir. Il ouvrit sa veste et la fit glisser sur ses épaules. Il referma les mains sur ses seins en même temps qu'il s'emparait de ses lèvres dans un baiser langoureux. Ses pouces insistaient sur les pointes hérissées sous la soie et la dentelle. Sa bouche dévorait la sienne avec un mélange dévastateur d'ardeur et de nonchalance. Un nouveau gémissement s'échappa de sa gorge tandis que le plaisir montait en elle, implacable.

Lorsque Luca s'arracha à sa bouche, elle ouvrit lentement les yeux avec une pointe d'appréhension. Allait-elle lire de la suffisance sur son visage ? Nul doute qu'il était fier de son habileté à lui faire perdre la tête. Mais dans ses yeux étincelants elle ne vit que du désir. Un désir brûlant et attentif.

— De quoi as-tu envie ?

Sa voix rauque exacerba les sensations qui l'assaillaient de toutes parts.

— De ça ?

Il releva son caraco et libéra un sein de son enveloppe de dentelle. Ses doigts effleurèrent le bourgeon frémissant juste avant que sa bouche se referme dessus. Cette fois ce fut un cri qu'elle laissa échapper. Emportée dans un tourbillon inexorable elle ondulait des hanches sans retenue, cherchant un contact toujours plus étroit avec le sexe de pierre logé entre ses cuisses. Alors que Luca aspirait la pointe de son sein avec une avidité redoublée, le plaisir déferla en elle. La bouche de Luca laissa place à ses doigts tandis qu'il l'embrassait avec une ferveur mêlée de tendresse, visiblement déterminé à déguster chacun de ses gémissements. Lorsqu'il finit par s'arracher à sa bouche elle s'affaissa en arrière sur le lit, ivre de plaisir et plus excitée que jamais. Creusant les reins dans une invitation muette, elle pressa de nouveau son sexe contre celui de Luca, vaguement consciente qu'elle ne s'appartenait plus. Toujours debout entre ses cuisses il la dévorait des yeux, l'air farouche. Il pourrait faire d'elle ce qu'il voulait… Elle était à sa merci. Mais curieusement elle avait une certitude absolue. Quoi qu'il fasse, elle n'avait rien à craindre de lui.

Il déboutonna sa chemise avec des gestes fébriles et la laissa tomber par terre. Puis il se pencha sur elle pour lui ôter complètement sa veste et son caraco, qu'il lança à l'autre bout du matelas. Il la débarrassa de son soutien-gorge et traça les contours de ses seins du bout des doigts avant de sucer brièvement les deux bourgeons hérissés. Puis il fit glisser son pantalon sur ses hanches d'un mouvement si vif que la fermeture de sa braguette céda. Il finit de le lui enlever, puis il s'agenouilla entre ses cuisses et cala ses jambes sur ses épaules. Du bout des lèvres et des doigts il lui prodigua des caresses légères comme des papillons, qui la mirent au supplice. Puis tout à coup il entreprit de dévorer son sexe à pleine bouche, l'entraînant dans une spirale de jouissance sans fin. Il ne s'arrêta que lorsqu'elle fut rompue de plaisir, à bout de souffle et de forces. Il se releva et l'enveloppa d'un regard ébloui. Le désir fou qu'elle lut dans ses yeux la poussa à se redresser. Refermant une main sur sa nuque elle l'attira vers elle pour s'emparer de sa bouche. Tout en l'embrassant avec avidité, elle ouvrit sa braguette à tâtons et glissa la main dans son slip. Elle n'eut pas le temps de le caresser longtemps. Il s'arracha à bouche et baissa son slip et son pantalon d'un même mouvement. Quelques secondes plus tard il était nu et tendait la main vers le tiroir de la table de chevet. Elle le regarda enfiler un préservatif, puis elle se renversa de nouveau sur le dos, électrisée par son regard brûlant. Il promena les mains sur elle d'un air émerveillé qui acheva de la faire fondre, puis il l'aida à remonter plus haut sur le lit pour pouvoir s'allonger à son tour. Il entra lentement en elle en scrutant son visage.

— Oui, murmura-t-elle, en proie à un mélange enivrant de désir et de joie.

Avec un grognement étranglé, il s'enfonça au plus profond d'elle tout en capturant sa bouche dans un baiser fervent. Bientôt la pièce résonna de gémissements et de prières fébriles. Leurs deux corps confondus ne faisaient plus qu'un, emportés dans un tourbillon irrésistible qui semblait sans fin. Jusqu'au moment où le temps s'arrêta, les laissant suspendus dans le vide pendant une éternité avant l'explosion de plaisir qui leur arracha un même cri aigu.

Luca fut réveillé par le déclic du déverrouillage des portes. Le visage enfoui dans l'oreiller, il ne bougea pas. Elle s'en allait ? Très bien. Il ne devait surtout pas la retenir. « Juste une fois » avait été suivi par une deuxième fois. Refusant d'écouter la voix de la raison, il s'était abandonné au désir qui le taraudait. L'expérience avait été incroyable. Et déstabilisante. De toute évidence, il n'était pas aussi différent de son père qu'il voulait bien le croire. Il était aussi capable que lui de céder à la tentation. Quand l'épuisement avait fini par les abattre, il avait sombré dans le sommeil avec volupté. Une autre preuve de renoncement à ses principes. D'ordinaire, quand il commettait une erreur il le reconnaissait et il la corrigeait aussitôt. Le déni n'était pas dans ses habitudes. Coucher avec Amy était une erreur. Il en avait toujours été conscient. Après le déjeuner il aurait dû la laisser partir. Au moins le faisait-il maintenant. Elle lui facilitait les choses en s'éclipsant alors qu'elle le croyait endormi. Il ne devait pas essayer de la retenir. Même s'il en mourait d'envie… Quelle heure pouvait-il bien être ? Derrière ses paupières closes et malgré l'oreiller dans lequel son visage était enfoui, Luca avait l'impression que le jour déclinait. Il ne le vérifia pas. Faisant appel à toute sa volonté, il resta immobile à guetter le bruit de la porte se refermant derrière Amy. Un bruit attira son attention mais pas le bon, ni du bon côté. Une bouffée d'air marin pénétra dans la chambre. Luca leva la tête et regarda du côté de la terrasse. Le souffle coupé, il fut transpercé par une flèche de désir. Jambes et pieds nus, enveloppée dans la chemise qu'il avait enlevée précipitamment la veille, Amy était éclairée par la lumière du couchant qui allumait des reflets cuivrés dans les boucles blondes ruisselant dans son dos. Il se leva d'un bond. Attiré comme par un aimant. Ce pouvoir qu'elle avait sur lui devrait le terroriser… Mais comment ne pas être fasciné par l'émerveillement qui se lisait sur son visage ? Les yeux brillants et les lèvres entrouvertes, elle contemplait les ruines du château baignées de rose et d'oranger.

— C'est magnifique. Je n'ai jamais rien vu d'aussi beau.

— Moi non plus.

Il avait voulu plaisanter, mais l'ironie était restée coincée au fond de sa gorge. En proie à une émotion indicible, il la prit dans ses bras et glissa la main sous sa chemise. Le gémissement qu'elle étouffa au contact de ses doigts sur sa fesse nue l'électrisa. *Lâche-la immédiatement.* Non. Impossible d'écouter la voix de la raison. Tant pis si s'attarder avec elle était une erreur. Se rendant compte qu'il était nu, elle lui adressa un sourire rêveur et fit courir ses doigts le long de son épine dorsale jusqu'au creux de ses reins. Un long frisson le parcourut, et son désir déjà éveillé s'intensifia. Mais une certaine vulnérabilité se peignit soudain sur le visage d'Amy.

— Merci. Il y avait longtemps que je n'avais pas été avec quelqu'un. J'avais besoin de savoir que je pouvais avoir des relations intimes avec un homme sans tout perdre.

Assailli par un besoin irrésistible de la protéger, il resserra inconsciemment les bras autour d'elle. De toute évidence, elle avait peur de perdre sa liberté. Et par cette remarque elle lui rappelait que leur aventure était sans lendemain. Il le savait aussi bien qu'elle, évidemment. Malgré tout… Enfonçant les doigts dans ses cheveux il se pencha vers elle et murmura contre sa bouche :

— Je devrais me haïr pour aimer ça à ce point. Le sexe, c'était le truc de mon père. Il est difficile pour moi de céder au désir sans avoir l'impression d'être un dépravé.

Il n'avait jamais dit ça à personne. Il se l'était à peine avoué à lui-même…

— Tu n'as rien d'un dépravé quand tu fais l'amour, déclara-t-elle d'un air grave.

Ils devraient être en train d'échanger des plaisanteries,

de se préparer à se quitter le cœur léger… Mais comment résister ? Il captura sa bouche dans un baiser ardent. La bouche d'Amy était aussi avide que la sienne, ses doigts s'enfonçaient dans ses cheveux, son corps se pressait contre le sien…

— Encore une fois ? murmura-t-il, le cœur battant à tout rompre.

Elle était aussi impuissante que lui contre cette force irrésistible et elle ne chercha pas à le cacher.

— Encore une fois.

Avec un sourire joyeux, il l'entraîna vers la chambre.

Amy se réveilla au petit matin, nue et seule dans son lit, dans sa suite. Elle s'étira avec volupté. Jamais des courbatures ne lui avaient paru aussi délicieuses… Dommage que cette parenthèse sensuelle soit terminée. Mais ils s'étaient déjà accordé plus de temps que prévu, et la journée d'hier ne se renouvellerait pas. Elle avait quitté sa chambre vers minuit comme Cendrillon, ses chaussures à la main et sa veste tenue pliée devant elle pour cacher sa braguette béante. Un employé l'avait escortée, mais il ne dirait sûrement pas un mot. Elle mourait de faim et elle avait désespérément besoin d'un café… Elle se leva et gagna la cuisine. Il y avait du fromage, des fruits frais et des yaourts dans le réfrigérateur. Elle brancha la bouilloire, puis elle alla chercher son téléphone resté dans la poche de sa veste, éteint depuis le déjeuner avec Luca. Étouffant un bâillement, elle l'alluma. Il tinta à l'arrivée de plusieurs notifications, comme souvent puisqu'elle recevait en copie de nombreux articles de presse concernant ses clients. Sauf que ce matin toutes ces notifications concernaient le même client. Et elle-même. Des photos de Luca et elle sur la terrasse au coucher du soleil illustraient des articles aux titres accrocheurs.

Le premier proclamait :

Tel père, tel fils !

Le roi de Vallia perpétue la tradition familiale en séduisant sa nouvelle employée, Amy Miller de l'agence de relations publiques London Connection, qui a semé le trouble dans la fondation de la défunte reine avec sa campagne pour un prochain gala…

Un autre s'interrogeait :

Victime ou coupable ?

Le Prince Prodige débauché par une aventurière…

La palme de la trivialité revenait au dernier.

Gros plan sur les bijoux de famille royaux !

La photo était floutée, mais il était facile de deviner que le roi de Vallia était nu et en érection.

— Oh ! Luca…

Des larmes brouillèrent la vue d'Amy. Comment un moment aussi merveilleux pouvait-il être présenté de façon aussi sordide ? Elle se laissa tomber sur le canapé, l'estomac noué. Les retombées allaient être terribles. Sa vie allait voler en éclats. De nouveau. Et comme la dernière fois elle ne pourrait s'en prendre qu'à elle-même.

# 7.

— Des photos ont été publiées dans la nuit, *signor.* Elles sont… fâcheuses.

— Des photos de qui ?

Guillermo mit une tablette sous les yeux de Luca, qui laissa échapper les pires jurons qu'il avait jamais utilisés.

— Où était l'équipe de sécurité ?

Il fallait vraiment qu'Amy lui ait embrumé le cerveau pour qu'il ne comprenne pas tout de suite que c'étaient des photos d'eux !

— Ils sont montés au château dès qu'ils ont pris conscience qu'il y avait un randonneur isolé, mais il était déjà parti.

Luca réprima un soupir. Les gardes n'avaient pas dû estimer nécessaire une intervention urgente. Malgré l'interdiction de visiter les ruines sans guide, il y avait régulièrement des touristes qui y montaient, en général pour photographier le coucher du soleil. La lumière étant faible à ce moment de la journée et tous les appartements privés faisant face à la mer, les risques que quelqu'un prenne des photos compromettantes d'un membre de la famille royale étaient très faibles. Les paparazzis qui avaient tenté leur chance en avaient toujours été pour leurs frais, parce que même son père n'avait jamais été assez stupide pour sortir nu sur le seul coin de la terrasse visible depuis le château.

— Nous supposons qu'elles ont été prises par un amateur, poursuivit Guillermo d'un ton crispé. En raison de la mauvaise qualité des clichés et du fait qu'ils ont d'abord été postés sur un compte privé. Par la suite elles ont été reprises par les tabloïds et accompagnées de…, de titres…

Oui, des titres inqualifiables…

Le Prince Prodige : pieds d'argile, sexe d'acier ?

Luca serra les dents. Au moins, ils avaient flouté son érection… Mais à côté de sa photo ils en avaient mis une de son père avec un maillot de bain minuscule.

Le titre suivant était du même acabit.

Le roi de Vallia hérite de la Couronne en rut.

Puis il finit par avoir la nausée en lisant :

Encore un monarque exhibitionniste !

— Le service Communication étudie la stratégie à adopter pour limiter les répercussions. Et j'ai organisé le retour de Mlle Miller à Londres.

Luca entendit à peine Guillermo. Toute sa vie il était resté dans le droit chemin, et l'unique fois où il se permettait de s'en écarter il se retrouvait à la une des tabloïds, comparé à son père de la manière la plus odieuse ! C'était… Tout à coup, Luca oublia son indignation. C'était mauvais pour son image, oui. Mais l'était-ce suffisamment ?

Bien sûr, ce n'était pas le scandale qu'il espérait. Amy était elle aussi la cible des tabloïds. Malgré tout… n'était-ce pas une occasion à saisir ?

— À Londres, elle va être harcelée par les médias, répliqua-t-il tout en réfléchissant. Elle ne va nulle part tant que je ne lui ai pas parlé. Et la communication ne prend aucune initiative sans mon aval.

Guillermo pinça les lèvres, mais il se dirigea vers la porte dans l'intention de transmettre ces instructions.

Luca pianotait sur son bureau, l'esprit en ébullition. L'histoire était beaucoup plus épineuse qu'il ne l'aurait voulu, mais il verserait à London Connection une généreuse prime d'efficacité si ça marchait.

Il fallait que ça marche. Il allait faire le nécessaire pour ça.

— Ma sœur a-t-elle été informée ?

— Une ligne sécurisée a été mise en place, répliqua Guillermo en indiquant le téléphone fixe sur le bureau. Le Conseil privé est divisé sur la réaction à avoir.

Il semblait avoir avalé un hameçon.

— Certains membres sont inquiets et penchent pour une révision de l'ordre de succession au trône. J'ai tenté de vous prévenir, *signor*. Je suggère vigoureusement que Mlle Miller retourne à Londres…

— Je vais appeler ma sœur.

D'un signe de tête, Luca renvoya Guillermo.

— Je n'arrive pas à croire que tu as fait ça, commenta Sofia à l'autre bout du fil.

Il n'y avait pas la moindre trace d'indignation dans sa voix. Ni de la honte qu'ils éprouvaient tous les deux autrefois après les exploits de leur père. Son ton était à la fois surpris et compatissant.

Mieux valait éviter d'expliquer que ce n'était pas de la mise en scène comme prévu au départ, songea-t-il. Il était sincèrement embarrassé par la situation, mais c'était leur chance, et ils devaient la saisir. Et, pour sa part, se concentrer sur leur objectif lui permettait d'éviter de s'attarder sur le fait qu'il était désormais l'incarnation de la dépravation.

— Tu n'as pas d'autre choix que de parler au comité des nurses, déclara-t-il en utilisant le nom qu'ils donnaient quand ils étaient enfants au groupe de conseillers, désormais le Conseil privé, qui exerçait un contrôle étroit sur eux depuis toujours.

Les mêmes qui avaient insisté pour qu'il monte sur le

trône à la place de Sofia alors qu'elle était officiellement la première dans l'ordre de succession.

— Mon retour est déjà organisé. Je les rencontrerai dès mon arrivée. J'ai préparé un communiqué que je transmettrai aux médias dès que nous aurons raccroché.

Elle fit une pause avant d'ajouter :

— Tu es sûr que c'est ce que tu veux, Luca ? Parce que ce communiqué est une prise de position très ferme. Je ne peux pas faire autrement. Mais je veux être certaine que tu n'auras aucun regret.

— Sofia. Assume le rôle qui te revient. Monte sur le trône. C'est la meilleure solution pour Vallia. Ne t'inquiète pas pour moi.

— Impossible. Tu es mon seul et unique frère.

Elle inspira profondément, sans doute émue. Mais il la connaissait suffisamment pour savoir qu'elle avait appris à garder la tête froide en toute circonstance. Comme pour le conforter dans cette opinion, elle poursuivit d'une voix égale :

— J'ai des questions qui peuvent attendre, mais j'ai l'intention de demander que tu restes mon héritier, à condition que tu sois prêt à exprimer des regrets et à donner l'assurance que ce genre de choses ne se produira plus jamais.

Quoi donc, exactement ? Être surpris nu avec une femme ? Avoir une aventure avec une employée ? Ou faire l'amour avec Amy en particulier ? À cette pensée Luca fut assailli par une bouffée de désir qu'il ignora résolument. Non. Il n'était même pas question d'y penser. Leur relation était à présent de notoriété publique et elle était absolument inappropriée. Il n'avait aucune envie d'être catalogué comme un homme qui profitait de ses employées.

— Tu as ma parole, dit-il, le cœur serré.

— *Grazie.* À bientôt. *Ti amo.*

— Je t'aime aussi.

Luca raccrocha, et un grand froid l'envahit. C'était fait.

Amy ne cessait pas de trembler malgré une douche chaude et une multitude de cafés brûlants. Qu'elle ne puisse pas quitter son appartement, et encore moins le palais ou le pays, n'arrangeait rien.

— Je payerai le taxi moi-même, plaida-t-elle d'un ton suppliant auprès de l'employée qui lui servait ses repas.

— Ce n'est pas mon rôle d'en appeler un, *signorina*, répliqua Fabiana en posant sur la table des raviolis au pistou accompagnés de tomates cerises.

Ils semblaient aussi délicieux que l'omelette qu'elle n'avait pas touchée en milieu de matinée, la focaccia qu'elle avait dédaignée au déjeuner, et les pâtisseries et sandwichs servis avec le thé, qu'elle avait ignorés quelques heures plus tôt... Amy était trop nauséeuse pour avaler la moindre bouchée. Tout son univers était en train d'imploser, et elle ne pouvait même pas joindre ses meilleures amies, qui l'avaient aidée à surmonter une crise du même genre dans le passé. Sa connexion wi-fi avait été coupée alors qu'elle se trouvait encore en état de choc.

Puis une femme d'âge moyen était arrivée et s'était présentée comme la responsable des ressources humaines du palais. Manifestement inquiète, elle l'avait priée d'être « honnête » et de lui dire si elle avait subi la moindre contrainte pour passer la nuit avec Luca. Amy lui avait assuré qu'elle était consentante, mais à présent elle se demandait si elle ne s'était pas mise en fâcheuse posture.

— J'ai pour instructions de m'assurer que vous ne manquez de rien, déclara Fabiana. Puis-je vous apporter autre chose ?

— Des chaussures de marche, marmonna Amy.

Elle avait déjà demandé un million de fois à parler à Luca. On lui avait affirmé qu'il la verrait dès qu'il serait disponible.

Fabiana baissa les yeux sur les chaussons qu'Amy portait avec un pantalon de pyjama jaune et un T-shirt en soie.

— Je ne vous conseille pas de partir à pied. Des paparazzis

sont à l'affût à proximité du palais. L'équipe de sécurité est sur les dents en ce moment.

Amy resserra autour d'elle le châle en soie grège qu'elle avait trouvé dans le placard.

— Réactivez mon wi-fi, s'il vous plaît.

Ça aussi elle l'avait déjà réclamé plusieurs fois.

— J'ai transmis votre demande. J'en parlerai de nouveau.

Fabiana lui adressa un sourire compatissant et quitta la pièce. Au comble de la frustration, Amy sortit dans le jardin d'un pas lourd. Un garde surgit aussitôt d'un massif d'arbustes. Il avait passé la journée là et pour la énième fois il leva la main pour l'arrêter.

— Je suis désolé…

Elle pivota sur ses talons et rentra dans son salon. Il fallait à tout prix qu'elle retourne à Londres. Comment allait-elle pouvoir contrôler les répercussions de cette affaire sur London Connection si elle restait ici, coupée du monde ? Elle mourait d'envie de parler à Bea et à Clare. Que devaient-elles penser d'elle ? Elle leur avait dit qu'elle laissait tout tomber pour un client important qui avait un énorme budget et une « requête inhabituelle ». Allaient-elles mettre en question sa démarche ? La dernière fois qu'elle s'était retrouvée dans une situation épineuse, elles l'avaient soutenue, mais elles auraient toutes les raisons de douter de ses motivations. D'autant plus que cette fois sa conduite mettait en péril leurs moyens d'existence en plus des siens. Quant à sa mère, elle devait être dans tous ses états. Inutile de l'avoir au téléphone ou de recevoir des textos pour savoir ce que pensait Deborah Miller. « Encore, Amy ? Tu recommences ? »

Oh ! elle se sentait si impuissante ! C'était insupportable. La gestion de crise, c'était son métier. Elle devrait pouvoir faire quelque chose ! Pour tenter de se calmer, elle se mit à arpenter la pièce en récapitulant. Dans toute situation critique, il y avait trois dangers potentiels à considérer. Le premier concernait la sécurité physique. Dans le cas présent, rien à craindre de ce côté-là. C'était déjà ça.

Le deuxième danger c'était de perdre de l'argent. Dans ce domaine, elle allait avoir de gros problèmes. Il n'était plus question d'accepter le moindre centime de Luca. Non seulement elle n'aurait aucun revenu, mais elle devrait assumer toutes les dépenses relatives au voyage. Par ailleurs, elle s'était déchargée de plusieurs de ses contrats sur d'autres agents de London Connection, ce qui représentait un manque à gagner substantiel. Enfin, toutes les mesures à prendre pour préserver la réputation de London Connection auraient un coût qu'elle devrait assumer seule, puisqu'elle était responsable de la situation. Où allait-elle trouver l'argent ?

Enfin, le troisième danger c'était de perdre sa crédibilité. Ce qui était déjà fait. Restait à savoir s'il lui serait possible un jour de la regagner… Pour l'instant elle avait l'image d'une femme qui couchait avec ses clients pour obtenir des contrats. Et pas la moindre possibilité de prouver que la réalité était tout autre. En fait, quelque part dans ce palais, une équipe de professionnels de la communication, comme elle, planchait sur les mesures à prendre pour que Luca ne soit pas éclaboussé par le scandale. Or elle savait exactement quelle stratégie ils avaient déjà adoptée. Désamorcer les attaques contre lui en rejetant toute la responsabilité sur elle. Prétendre qu'elle l'avait séduit par intérêt. C'était déjà ce que suggéraient certains des titres qu'elle avait eu le temps de lire avant d'être privée de wi-fi.

Et si les journalistes ou le palais découvraient qu'elle n'en était pas à sa première relation inappropriée ? Son estomac se noua si douloureusement qu'elle se recroquevilla en gémissant.

Luca ne l'abandonnerait pas à son sort. Si ?

Si. Bien sûr. C'était ce qu'avait fait le professeur, Avery Mason. Et la directrice de l'école. Et ses parents.

Prise de panique, elle se précipita dans le couloir. Le garde fut si surpris qu'il se mit en position de combat. Elle trébucha en arrière et se raccrocha à l'encadrement de la porte, les jambes tremblantes et le cœur battant à tout rompre.

— Dites au roi que je mettrai le feu à mon appartement s'il ne me parle pas d'ici dix minutes. Assommez-moi ou appelez les pompiers, parce que je vous jure que je le ferai.

Le garde bloqua la porte avant qu'elle ait le temps de la lui fermer au nez. Il parla en italien dans un appareil fixé à son poignet, attendit la réponse, puis hocha la tête.

— Venez avec moi.

Bravo, elle avait réussi… Il l'emmenait dans une cellule capitonnée. Ou dans le cachot. « Oui, un vrai cachot. » Elle étouffa un rire nerveux. Le garde l'escorta à travers des couloirs familiers. Il l'emmenait dans le bureau de Luca. Le lieu de leur premier baiser criminel. Et du deuxième. Plusieurs personnes en sortirent à son arrivée, mais elle fixa le sol jusqu'à ce qu'on lui dise d'entrer. Elle avança seulement juste assez dans la pièce pour que la porte puisse se refermer derrière elle.

— Veux-tu bien faire les présentations, Luca ? demanda une voix féminine.

Amy releva vivement la tête. Il n'y avait que Luca et sa sœur dans le bureau. Luca était aussi élégant qu'à l'accoutumée, en costume cravate et rasé de frais. Seuls de légers cernes suggéraient qu'il avait eu une longue journée. Il darda sur elle un regard pénétrant, mais elle était distraite par la présence de sa jumelle. Sofia Albizzi était une version féminine de Luca, presque aussi grande que lui, aussi mince et musclée, mais avec des courbes féminines et un visage plus doux. Vêtue d'un tailleur-pantalon du même bleu sombre que le costume de Luca, elle avait un magnétisme aussi puissant que le sien. Ses cheveux étaient relevés en chignon, et elle avait un sourire accueillant aux lèvres.

Elle devait avoir l'air d'une paysanne avec son châle et ses chaussons, mal coiffée et sans maquillage permettant de camoufler sa détresse, songea Amy. Devant cette double incarnation de la perfection elle se sentait minable et elle n'avait qu'une envie. Faire demi-tour et quitter la pièce. Mais Luca, qui était appuyé contre son bureau, se redressa.

— Votre Majesté, je vous présente Amy Miller. Amy, ma sœur Sofia, la reine de Vallia.

— La reine ?

Sofia lança un coup d'œil à Luca avant de déclarer :

— Mon nouveau titre est confidentiel. Il date d'une heure. Un communiqué de presse sera émis demain matin. J'espère que d'ici là je peux vous faire confiance et que vous garderez cette information pour vous ?

Amy faillit s'étrangler.

— À qui pourrais-je en parler ? Vous avez coupé mon accès à Internet.

— C'est exact. Le prince m'a dit que vous compreniez qu'il était important de limiter les communications pendant une crise. Pour pouvoir émettre un message clair et cohérent.

Le prince… Il avait été détrôné. À cause d'elle… Amy fut prise de vertige. Elle allait s'évanouir…

Sofia s'avança vers elle, à la fois majestueuse et compatissante.

— Je comprends que vous soyez perturbée, Amy. La journée a été éprouvante pour nous tous, mais j'espère que vous allez accepter que nous vous offrions encore l'hospitalité pendant quelque temps ? Et renoncer à effrayer le personnel en menaçant de mettre le feu au palais ?

La gorge d'Amy se noua. Elle avait déçu Sofia. Pas de la manière dont elle décevait constamment sa mère, qui attendait d'elle l'excellence dans des domaines superficiels.

Non, Sofia insinuait juste que lancer des menaces extravagantes n'était pas digne d'elle. Qu'elle valait mieux que ça. « Mettons-y tous du nôtre », semblait-elle dire.

Luca avait raison. C'était une souveraine idéale.

Cependant, savoir qu'elle était l'instrument de l'accession de Sofia au trône ne lui apportait aucune consolation étant donné que ça lui coûtait la vie qu'elle avait construite au prix d'un travail acharné.

— Je veux rentrer chez moi, déclara-t-elle d'une voix mal assurée.

— Nous allons bientôt organiser ça, dit Sofia.

Mais Luca s'avança vers elle d'un pas déterminé.

— Je te raccompagne à ton appartement.

Ignorant le regard interrogateur que lui lançait Sofia, Luca tint la porte à Amy. Depuis la parution des photos il n'avait pas eu un seul instant de répit entre les réunions, les appels téléphoniques et les sollicitations des conseillers. Il avait l'impression d'avoir combattu pendant douze rounds et d'avoir pris des coups de tous les côtés.

Ne pas réagir quand sa sœur avait exigé une enquête des ressources humaines concernant un éventuel harcèlement de sa part avait été particulièrement humiliant. Afin d'éviter tout risque d'invalidation des conclusions de cette enquête, il n'avait pas parlé à Amy. Avant même de les connaître, certains conseillers avaient proposé de jeter l'employée en pâture à la presse pour préserver la réputation du souverain.

De leur côté, les soutiens de Sofia avaient mis en doute l'aptitude d'Amy à devenir reine, obligeant Luca à préciser ses intentions à son égard.

— Nous avons saisi un moment, c'est tout, avait-il dit.

La réduire à une aventure d'une nuit lui répugnait, mais c'était ce qu'ils avaient prévu.

— Le déchaînement médiatique durera tant que nous n'aurons pas pris une décision, avait insisté Sofia. Quelles que soient les explications que nous donnerons, les photos seront republiées à chaque fois que le roi de Vallia sera mentionné.

— Je suis assimilé à notre père, avait-il dit, révulsé par cette idée mais déterminé à atteindre son objectif. Mais je refuse de faire preuve de la même irresponsabilité que lui et d'imposer au pays un roi ayant une image aussi désastreuse. Les reines de Vallia ont toujours été des modèles de dignité et d'honneur. Si je m'efface, c'est ce que le pays retrouvera.

Cette déclaration avait été le moment décisif des discussions, qui avaient ensuite porté sur les modalités de cet effacement.

Il avait donné des instructions pour qu'Amy ne manque de rien mais il avait fermé son esprit aux souvenirs de leur nuit, qui l'auraient empêché de se concentrer. À présent qu'elle était près de lui le désir le rongeait, mais il s'efforçait de le réprimer. Il avait juré de ne pas renouveler son faux pas. Demain sa sœur monterait sur le trône, et il redeviendrait le Prince Prodige, honorable à l'excès. Cependant, il devait à Amy une explication sur les événements de la journée.

— Supprimer l'accès à tous les réseaux ouverts et utiliser exclusivement une messagerie sécurisée fait partie du protocole habituel en cas d'incident, déclara-t-il alors qu'ils marchaient côte à côte. Et de toute façon je voulais t'épargner le pire de ce qui circule sur Internet.

Elle hocha la tête, le regard vide.

— Je comprends.

Elle était si éteinte qu'elle ressemblait à un fantôme… Un vif sentiment de culpabilité assaillit Luca. Une sensation très désagréable qui ne lui était pas familière parce qu'il commettait rarement des erreurs.

— J'ai pensé que tu aurais une idée de ce qui se passait en coulisses.

— Oui.

Cette voix blanche… Oui bien sûr, elle ne savait que trop bien comment se réglait ce genre de problème. Et de toute évidence elle était commotionnée. Si seulement il pouvait la prendre dans ses bras… L'embrasser et lui assurer qu'il ne rejetait pas la responsabilité sur elle… Il la suivit dans son appartement.

— Je ne pouvais pas te demander de participer aux discussions. Je comprends qu'en raison de notre contrat tu t'attendais à être consultée, mais j'étais obligé de te mettre sur la touche. Il valait mieux laisser la gestion de la crise s'effectuer selon le processus habituel.

— Tu crois que je suis contrariée parce que je me sens « mise sur la touche » ? Si seulement je pouvais l'être encore davantage ! Pourquoi ne m'as-tu pas prévenue que nous risquions d'être vus sur la terrasse ? Est-ce que tu avais prémédité tout ça ?

— Bien sûr que non ! C'était un hasard extraordinaire. Bon sang, Amy, comment peux-tu imaginer que c'est moi qui…

— Un hasard ? Il se trouve que tu m'as engagée pour ruiner ta réputation et que tu m'amènes ici. Il se trouve que tu m'as embrassée, puis emmenée dans ta chambre…

Elle s'interrompit en baissant la tête, visiblement honteuse. Le sentiment de culpabilité de Luca était à son comble.

— Quand j'ai entendu la porte, j'ai cru que tu partais, dit-il en s'avançant vers elle. C'est seulement après que je t'ai vue sur la terrasse. Ce n'est pas moi qui t'ai fait sortir.

À son approche elle releva la tête et recula précipitamment. Ce fut comme un violent coup de poing dans l'estomac. Il se figea, tétanisé par une douleur qu'il avait du mal à comprendre. Une douleur toute nouvelle mais si aiguë qu'elle lui coupa le souffle.

— Je ne te toucherai pas si tu ne le veux pas, dit-il en ouvrant les mains dans un geste de paix.

— Je ne veux pas que tu me brouilles de nouveau l'esprit, marmonna-t-elle en croisant les bras, le visage crispé par l'angoisse. Ce n'était pas censé s'ébruiter, Luca. Personne ne devait le savoir en dehors de nous. C'est ce qui était prévu, non ?

— Oui. Écoute, je sais que ce n'est pas ce que nous avions prévu, mais une fois les photos publiées je ne pouvais pas faire autrement que de saisir l'occasion. C'est pour obtenir ce résultat que je t'ai engagée.

— Tu ne m'as pas engagée pour que je couche avec toi ! Je n'accepterai pas d'être payée pour ça.

— Je t'ai engagée pour que tu ruines ma réputation, rétorqua-t-il avec indignation. C'est ce que tu as fait.

Elle laissa échapper un gémissement. Comme s'il l'avait frappée… La voir dans une telle détresse lui était insupportable. De nouveau, Luca dut se retenir pour ne pas prendre Amy dans ses bras.

— Je pensais que tu comprendrais que c'était exactement le genre d'incident dont j'avais besoin. Je ne saisis pas très bien pourquoi tu es aussi bouleversée.

— J'étais censée trouver quelqu'un qui souhaite être sous les projecteurs. J'étais censée contrôler le message pour limiter les dégâts. Il n'a jamais été question de photos volées qui détruisent la réputation d'une femme.

— Le palais ne te fera pas porter le chapeau. Je ne le permettrai pas. J'ai assumé la responsabilité de ce qui s'est passé. C'est mon erreur…

— J'ai couché avec un client, Luca ! Je l'ai compromis ! À cause de moi un roi a été détrôné ! Ce que vous pouvez dire, toi ou le palais, n'a pas grande importance. Les gens tireront leurs conclusions tout seuls.

Amy tremblait tellement que Luca tendit les bras vers elle. Aussitôt, elle recula.

— Je ne te toucherai pas, dit-il d'un ton plus impatient qu'il ne l'aurait voulu. Mais je suis inquiet pour toi. Assieds-toi ? Tu as mangé ? Je leur ai demandé de t'apporter à manger.

— Je ne suis pas un chien ! Tu n'as pas à engager quelqu'un pour s'assurer que j'ai bien à manger et à boire. Encore que, si j'avais été un chien, j'aurais eu au moins droit à une promenade au lieu d'être retenue prisonnière.

— Ça…

Il se frotta la nuque.

— Je suis conscient que tu es en colère, mais arrête de dire des stupidités pareilles.

— Oh ! je dramatise, c'est ça ?

Elle lui lança un regard meurtrier.

— Tu ne sais rien de ce que j'endure. *Rien.*

— Alors explique-le-moi. Parce que je ne trouve pas la situation aussi désastreuse que toi. Les gens feignent d'être choqués, mais en réalité ils sont indulgents pour ce genre d'incident sexy. Tu l'as dit toi-même. Et puis c'est moi qui suis nu sur cette photo, pas toi ! Es-tu contrariée parce que tu regrettes ce qui s'est passé entre nous ?

Il avait besoin de savoir…

— Tu as le sentiment que j'ai abusé de toi ? Que tu n'as pas eu la possibilité de dire non ?

D'après la responsable des ressources humaines, Amy avait confirmé qu'il y avait eu consentement mutuel. Alors pourquoi était-elle au bord des larmes ?

— J'aurais dû dire non. Je savais que c'était une erreur et je voudrais l'effacer.

Elle enfouit le visage dans ses mains.

— Je voudrais tellement…

Blessé, il réprima une moue amère. Dire que de son côté il ne regrettait justement pas d'avoir couché avec elle… Même en la voyant aussi bouleversée par les conséquences, il était incapable de dire qu'il regrettait cette nuit de passion. Avait-elle oublié le plaisir exceptionnel qu'ils avaient partagé ?

— L'annonce officielle aura lieu demain. J'abdiquerai, et Sofia sera reconnue comme la souveraine légitime. Mon couronnement devait être célébré avant la nouvelle session du Parlement à l'automne. Elle sera couronnée à ma place, mais elle assume le pouvoir immédiatement. Les choses vont se tasser, tu verras. Les conséquences ne seront sans doute pas aussi graves pour toi que tu ne le crains.

Elle émit un grognement dédaigneux et se détourna. Il sentit son cœur se serrer. Oh ! comme il avait envie de la prendre dans ses bras, de la réconforter, de lui jurer que tout allait bien se passer ! *Viens dans ma chambre.* Il retint ces mots, mais ils formèrent un nœud douloureux au fond de sa gorge.

— Quand serai-je de nouveau connectée ? demanda-t-elle d'une voix brisée. Bea et Clare doivent être dans tous leurs états.

— Mes collaborateurs leur ont envoyé une déclaration.

Elle se retourna vivement vers lui, les yeux étincelants et noyés de larmes.

— Tu ne parles pas pour moi, Luca. Tu ne donnes pas ta version sans me laisser la moindre chance de donner la mienne !

— C'est juste une formule type « pas assez d'informations pour… »

Elle disparut dans la chambre et claqua la porte.

# 8.

Après s'être tournée et retournée dans son lit pendant une éternité, Amy finit par renoncer à retenir ses larmes. Lorsqu'elles finirent par se tarir elle avait les paupières si gonflées qu'elle se leva pour appliquer un linge mouillé dessus. Puis elle prit conscience qu'elle mourait de faim. Elle se rendit alors dans la cuisine et attrapa dans le réfrigérateur des restes laissés par l'employée. Il était presque 2 heures du matin. Y avait-il toujours un garde dans le jardin ? Elle ne vérifia pas. À quoi bon ? Elle était trop épuisée pour tenter de s'enfuir.

Elle se remit au lit et ne se réveilla qu'en milieu de matinée, quand son téléphone se mit à tinter à l'arrivée de messages et de notifications. Son accès à Internet avait été restauré. Bien que tentée de poster un message annonçant qu'elle était retenue contre son gré, elle s'absorba dans la consultation des dernières nouvelles, de ses mails, de ses textos et de ses messages vocaux. Celui de sa mère commençait par : « Pour l'amour du ciel, Amy ! » Elle entendit la porte de l'appartement s'ouvrir à l'arrivée de l'employée, mais elle continua d'écouter sa mère la sermonner pour s'être conduite « comme la dernière des traînées ».

Son cœur fit un bond dans sa poitrine quand Luca entra dans la chambre avec un plateau. Blottie sous les couvertures et adossée aux oreillers, elle coupa la communication au milieu de la diatribe de sa mère et laissa tomber son téléphone.

— Tu as vraiment été rétrogradé, on dirait.

— Ravi de voir que tu as retrouvé ton humour. J'étais inquiet. Surtout quand on m'a dit que tu n'as rien mangé hier. Aujourd'hui il faut que ça change.

Il appuya sur quelque chose sur le plateau, et des pieds se déplièrent avec un déclic.

— Tes espions ignorent ce que je fais quand je suis seule.

— Ce sont des espions, Amy. Bien sûr qu'ils le savent.

Il posa le plateau au-dessus de ses cuisses, puis il s'assit au bord du lit pour servir deux tasses de café.

— Tu me fais vraiment surveiller ? demanda-t-elle en levant les yeux au plafond à la recherche de caméras.

Il esquissa un sourire.

— Non. Mais je mentirais si je disais que je ne suis pas inquiet à l'idée que tu as récupéré ta connexion Internet. Je n'ose pas imaginer le genre de messages que tu risques d'envoyer. Tu étais très en colère hier soir.

Il but une gorgée de café.

— Tu as publié quelque chose qui devrait nous inquiéter ?

Elle suivit son regard posé sur son téléphone, qu'elle avait mis en mode silencieux et qui n'arrêtait pas de vibrer.

— Je lisais les messages, je ne répondais pas. Sur les réseaux sociaux c'est un déchaînement. Dans les moments de ce genre on découvre rapidement qui sont ses véritables amis.

Une poignée de clients étaient prêts à la défendre bec et ongles. D'autres réclamaient la résiliation de leur contrat.

— Bea et Clare m'ont demandé de les appeler dès que je pourrai. Elles ne me jugeront pas, mais je ne sais pas quoi leur dire. Les autres collaborateurs ont l'habitude de ne pas être mis au courant des détails de chaque affaire. Ils m'envoient des messages de soutien, mais je sens qu'ils sont morts de curiosité. Ils se demandent si c'est un coup destiné à tirer un client d'affaire ou si je suis vraiment stupide à ce point.

D'une main tremblante, elle mit de la crème dans son café.

— Nos concurrents s'en donnent à cœur joie. Ils fustigent mon hypocrisie en soulignant que j'enfreins la déontologie alors que d'ordinaire je défends les victimes de ce genre de manquement. Pour eux c'est l'occasion rêvée de ternir la réputation de London Connection et de mettre en doute mes compétences.

— London Connection ne subira aucune conséquence, affirma Luca, la mine sombre. J'ai effectué le transfert. Ça permettra de maintenir l'entreprise à flot jusqu'à ce que la tempête se calme.

— Je t'ai dit de ne pas me payer.

Elle reposa sa tasse d'un mouvement brusque et renversa une bonne partie de son café.

— Je ne veux pas accepter ton argent. Je me sentirais minable et stupide. Ne m'oblige pas à le refuser de nouveau, Luca.

Il posa sa tasse en lâchant une bordée de jurons, se leva et se mit à arpenter la chambre.

— Tu as accompli la mission que je t'avais confiée. Je veux te rémunérer.

— J'ai ruiné ma réputation et compromis les moyens d'existence de mes amis.

— Arrête d'être aussi dure avec toi-même.

— Arrête d'être aussi obtus ! Ce n'est pas parce que je ne dirige pas un pays que mes actes n'ont pas de conséquences.

Elle saisit son téléphone et rappela sa messagerie pour faire écouter le message de sa mère à Luca.

*Pour l'amour du ciel, Amy ! Bravo, tu t'es vraiment comportée comme la dernière des traînées. Neville me remet dans l'avion pour Londres. Il ne veut pas être associé à moi. J'ai aussi eu ton père au téléphone. Comment puis-je lui dire que tu es assez sérieuse pour administrer ton trust quand tu as une conduite aussi irresponsable ? Tu es incorrigible, n'est-ce pas ?*

Amy coupa la communication avant la fin du message.

— Je croyais que tu étais déjà déshéritée ?

— Mon père gère un trust qui a été créé pour moi à ma naissance. J'étais censée commencer à toucher des revenus il y a dix ans, mais j'ai été renvoyée de l'école.

Pas question d'expliquer pourquoi…

— Ils ont décidé que je n'étais pas assez responsable. J'étais censée le gérer moi-même à partir de mes vingt-cinq ans, mais la promotion et l'organisation en ligne d'événements destinés à la haute société n'ont pas été considérées comme des activités assez sérieuses. Mon père a reporté l'échéance à mon trentième anniversaire, dans dix-huit mois. Apparemment, ce n'est plus d'actualité non plus.

Elle lança son téléphone sur le lit. Luca jura de nouveau, mais cette fois avec un remords manifeste.

— Je m'en moque, poursuivit-elle. J'ai appris à vivre sans leur soutien financier. Mais, quand j'ai accepté ta mission, je rêvais de leur dire que je ne voulais plus de leur trust. Je voulais prouver que j'avais fait fortune à ma façon, ce qui était de l'orgueil pur et simple. Il semblerait que j'ai un peu plus de temps que prévu devant moi pour réaliser ce rêve, conclut-elle avec un sourire facétieux, alors que l'amertume lui nouait l'estomac.

— Je l'ignorais.

Luca se rassit sur le lit.

— Comment aurais-tu pu le savoir ?

Elle but une gorgée de café. Pourvu que l'affaire avec Avery Mason ne remonte pas à la surface… Elle avait été étouffée, et tous les gens concernés avaient intérêt à ce qu'elle reste secrète, mais la menace n'était pas complètement écartée.

Luca referma la main sur sa jambe par-dessus la couverture.

— Tu dois me laisser t'aider, Amy.

Elle dégagea sa jambe d'un mouvement vif.

— Luca, si tu me proposes cet argent encore une fois, tu vas recevoir une tasse de café dans la figure. Ça va faire toute une histoire avec tes gardes du corps, et je vais finir en prison. Ce n'est pas le meilleur moyen de redorer mon image. Alors laisse tomber.

Il posa de nouveau la main sur sa jambe et la pressa.

— Es-tu vraiment encline à la violence ?

— Non, reconnut-elle de mauvaise grâce. Mais depuis que mes parents m'ont laissée me débrouiller seule à dix-huit ans je suis devenue farouchement indépendante. Hier tu n'aurais pas pu faire pire que m'isoler comme ça et m'empêcher de résoudre mon problème.

— Ce n'est pas ton problème. C'est pour ça que je ne t'ai pas demandé de le résoudre.

Il soupira.

— Je n'avais pas conscience du tort que cette histoire te causerait. Je veux t'aider à réparer les dégâts, Amy. Dis-moi de quelle façon.

— Si je le savais, je me serais enfuie d'ici et je l'aurais déjà fait moi-même.

— Laisse-moi parler à tes parents. Je leur expliquerai que je suis seul responsable, j'arrangerai les choses.

— Laisse tomber. Le contentieux est trop ancien de ce côté-là…

Elle refoula les larmes qui lui piquaient les yeux.

— Et je ne veux pas que quelqu'un leur demande de me pardonner. Je veux qu'ils aient envie de m'aider par amour. Je m'inquiète davantage pour London Connection. Je vais peut-être être obligée de démissionner.

— Il n'est pas question que ta carrière soit ruinée parce que tu as fait ton travail.

— Personne ne voit la situation sous cet angle. Pour tout

le monde j'ai eu une relation inappropriée avec un client, qui a perdu son travail à cause de moi. Personne ne voudra engager la femme de mœurs légères à cause de qui un roi a été renversé. Si je démissionne, London Connection pourra au moins dire que le ménage a été fait, comme à Vallia.

— C'est ridicule.

Il se releva et se remit à arpenter la chambre.

— Tu n'es ni une martyre ni une traînée. La solution est évidente. Une fois que Sofia sera clairement reconnue comme reine de Vallia nous élaborerons un récit destiné à transmettre le message approprié, comme tu dirais. Nous présenterons notre aventure comme une relation plus sérieuse.

— Tu veux que nous continuions à coucher ensemble ? s'exclama Amy d'un air abasourdi.

Il en mourait d'envie… Luca s'immobilisa à l'autre bout de la pièce pour ne pas être tenté de la toucher. Pas question de faire pression sur elle de quelque manière que ce soit.

— Au moins en apparence. Si tu préfères que nous nous en tenions à des relations professionnelles je le comprendrai.

— Nous sommes tellement doués pour ça !

Il ne put s'empêcher d'être réconforté par le petit rire nerveux qui échappa à Amy. Un rire qui exprimait une certaine impuissance. De toute évidence il n'était pas le seul à ressentir cette attirance irrésistible.

— C'est juste que maintenant que je comprends pleinement les conséquences de notre aventure sur ta…

Il s'interrompit. Pourquoi avait-elle les joues en feu, tout à coup ?

— Y a-t-il quelque chose que je ne sais pas ?

Elle se mordit la lèvre et baissa les yeux.

— Il y a dans mon passé des choses que je ne confie

qu'en cas d'absolue nécessité. Pour l'instant, tu n'as pas besoin de les connaître.

Elle écarta le plateau et rabattit les couvertures. Elle portait une chemise de nuit en soie qui remonta sur ses jambes nues quand elle s'assit au bord du lit.

— Tu n'as pas une Couronne à abdiquer ?

Déglutissant péniblement, il se força à concentrer son attention sur son visage. Celui-ci n'exprimait plus le moindre embarras. De toute évidence, elle tentait de détourner la conversation en lui montrant ses jambes et en feignant la nonchalance. Il fallait reconnaître que c'était efficace… Submergé par une vague de désir, il se rapprocha d'elle avant de se souvenir qu'il avait décidé de garder ses distances pour la laisser respirer.

— J'ai en effet un titre auquel je dois renoncer aujourd'hui, confirma-t-il, le regard attiré par la dentelle censée masquer la naissance de ses seins. Ensuite j'ai un gala auquel je dois assister. Auquel *nous* devons assister.

— Je ne suis pas convaincue que continuer à nous voir soit la meilleure stratégie à adopter.

Il crispa les poings pour s'empêcher de la toucher.

— Si tu prends la fuite pour rentrer chez toi tête basse, tu seras en effet dépeinte comme la femme de mœurs légères qui a renversé un roi. Si tu restes et si tu assistes au gala, où tout le monde pourra voir la nouvelle reine te parler, toute l'histoire sera considérée comme une chamaillerie entre ma sœur et moi. Tu avais prévu de rester ici deux semaines, n'est-ce pas ?

— Oui, mais…

— Tu n'es pas obligée de prendre une décision tout de suite. Je vais régler les derniers détails de mon abdication, et ensuite nous reprendrons cette discussion. En dehors du palais. Nous irons acheter une robe pour le gala. Tu préfères Paris ou Milan pour une tenue de soirée ?

— The Glam Shed, répliqua-t-elle en prenant un air exagérément suffisant, une boutique de seconde main qui loue des tenues pour tapis rouge et pour laquelle j'organise des campagnes de promotion.

— Je vais prendre ça comme une plaisanterie et organiser un voyage à Milan. C'est plus près que Paris, et j'ai un cottage dans le nord de l'Italie. Nous pourrons y discuter tranquillement de l'image que nous donnerons à notre relation.

S'il le pouvait il l'emmènerait là-bas immédiatement…

— Un cottage ? répéta-t-elle d'un air sceptique.

— Un château, reconnut-il. Sur une île privée dans l'un des lacs les plus isolés. Nous serons tranquilles, et ça laissera le temps à la fièvre médiatique de retomber avant que notre présence au gala la fasse remonter.

— Tu es sûr de vouloir continuer à être associé à moi ?

Elle ne pouvait pas être obtuse à ce point. Il lui prit la main et effleura ses doigts du bout des lèvres. Il mourait d'envie de l'embrasser… mais il avait des rendez-vous. Et il ne voulait pas la brusquer quand elle était hésitante et vulnérable… Le frisson qui la parcourut et le désir qu'il lut dans ses yeux le poussèrent à céder à la tentation. Il glissa le bras autour de sa taille pour l'attirer plus près de lui. Elle le repoussa, une main sur son torse.

— Je ne me suis pas brossé les dents.

— Alors je vais t'embrasser là…

Il déposa un baiser mouillé dans son cou. À sa grande joie, elle étouffa un gémissement, et un nouveau frisson la parcourut. Lorsqu'il l'embrassa derrière l'oreille, elle s'alanguit. La soie de sa chemise de nuit glissa sur sa peau lorsqu'il posa les mains au creux de ses reins pour l'attirer encore plus près.

— Luca…

Elle se blottit contre lui et lui mordilla le lobe de l'oreille. Transpercé par une flèche de désir, il dut faire appel à toute sa volonté pour résister à l'envie de se laisser tomber sur le lit avec elle.

— Accorde-moi juste quelques heures, murmura-t-il d'une voix rauque en relevant la tête.

Mais il fit glisser les mains sur ses fesses et la plaqua contre lui, pressant son sexe durci contre son ventre.

— Nous reprendrons ça plus tard.

Elle chercha son regard, visiblement encore hésitante. Il captura brièvement sa bouche dans un baiser au goût de café.

— Mange quelque chose, ordonna-t-il avant de quitter l'appartement pour mettre fin à son bref règne.

Amy mangea. Puis elle se délassa dans un bain et consacra une heure à s'occuper de ses ongles, de ses sourcils et de sa peau. Elle ignora son téléphone pour prendre le temps de réfléchir. Qu'allait-elle dire à Bea et Clare ? Elle était toujours honnête avec ses meilleures amies, mais pour l'instant elle leur avait juste envoyé un mail pour leur assurer qu'elle les appellerait dès que possible. Comment leur expliquer ce qui s'était passé entre elle et Luca ? En fait, avant de leur parler il fallait qu'elle décide si elle acceptait la proposition de Luca. Il n'avait pas tort. S'ils donnaient l'impression de poursuivre leur aventure, celle-ci n'apparaîtrait plus comme une faute professionnelle mais comme une histoire d'amour. Sauf qu'ils n'étaient pas un couple d'amoureux. Ils n'étaient même pas un couple, pour la bonne raison qu'ils ne se connaissaient que depuis deux jours.

Deux jours seulement… Ça paraissait incroyable. Ils avaient déjà échangé des confidences très intimes. Jamais elle n'avait parlé de son expulsion et du rejet de ses parents avec une telle franchise. De son côté, Luca lui avait révélé le secret concernant la mort de son père. Et sur le plan sexuel ils s'étaient abandonnés l'un et l'autre sans réserve. Cela signifiait qu'ils étaient en train de nouer une relation étroite, non ? *Oh ! Amy…* Elle avait déjà commis l'erreur d'imaginer que le désir physique était le signe de sentiments sincères.

Elle sentit son estomac se nouer. Ça, elle ne l'avait pas dit à Luca.

Pourvu que son aventure avec Avery Mason ne soit pas découverte… En dehors de Bea et de Clare, qui ne la trahiraient jamais, personne n'avait confirmé cette histoire. Depuis le temps, si des filles de l'école avaient voulu lui nuire en colportant une vague rumeur elles l'auraient fait. Les occasions n'avaient pas manqué puisque depuis des années elle postait des photos d'elle en compagnie de stars de cinéma et de stylistes. Et, même si quelqu'un décidait d'évoquer le sujet, il n'y avait aucune preuve.

Avery pourrait parler, bien sûr. Et sa mère aussi. Mais quel intérêt auraient-ils à ruiner leur propre réputation ? Quant à ses parents à elle, ils étaient très déterminés également à ne pas ébruiter l'affaire. Sa mère préférait de loin s'en servir contre elle en la rendant responsable de tous ses problèmes, comme le fait d'avoir été plaquée par son dernier amant en date. Cependant, si elle apprenait que sa fille voyait toujours Luca elle changerait de discours. Ça, ce serait fantastique ! Amy posa le sèche-cheveux et se laissa aller à rêver. Si elle croyait que sa fille avait un avenir au sein d'une famille royale, sa mère ramperait pour être invitée à rencontrer son petit ami. Mais ce n'était pas le cas, bien sûr. Le cœur serré, Amy reprit son brushing avec vigueur pour s'obliger à garder les pieds sur terre.

Luca n'était pas un don Juan sociopathe comme Avery, mais il n'en restait pas moins un homme. Pour lui, le sexe et les sentiments n'étaient pas liés. Elle avait donc tout intérêt à protéger son cœur. Il serait sans doute plus judicieux qu'ils se contentent de feindre d'avoir une relation. Sauf qu'elle n'avait pas envie de faire semblant. Elle mourait d'envie de refaire l'amour avec lui…

Lorsque Amy sortit de la salle de bains, Fabiana mettait des vêtements qui ne lui appartenaient pas dans une valise qui ne lui appartenait pas non plus.

— Le prince sera bientôt prêt à partir. Il demande que vous le rejoigniez à l'héliport dans une heure. J'ai servi votre repas.

Quelques heures plus tard, Amy était dans le Quadrilatero della Moda à Milan, le quartier où se trouvaient les boutiques de toutes les grandes marques de luxe, italiennes et internationales. Elle était attablée devant une bruschetta qu'elle dégustait avec un verre de vin blanc. À côté d'elle, Luca parlait au téléphone en italien.

— Ce modèle t'irait bien, dit-il après avoir raccroché en montrant le mannequin qui posait devant eux.

— J'aime bien sa traîne, mais je préfère le décolleté de la bleue. La tenue de soirée n'est pas exigée pour le gala. Pourrais-je porter une tenue de cette teinte ?

— Tout ce que tu veux.

Il lui prit la main et effleura ses doigts du bout des lèvres.

— Je veux faire plaisir à la femme qui a capturé mon cœur. Et je veux que le monde entier le sache.

Elle sentit le rouge lui monter aux joues et s'exhorta à se ressaisir. Du calme, c'était de la comédie…

— Tout ce que je veux ? Parce que j'ai envie de quelque chose de très avant-gardiste.

Luca hocha la tête d'un air indulgent.

— Élabore le récit. Transmets le message approprié.

Amy se tourna vers la styliste.

— Qu'auriez-vous qui évoquerait le space opera ?

Le visage de la jeune femme s'éclaira, et elle se dirigea précipitamment avec ses mannequins vers la porte située au fond du salon d'essayage. Quelques minutes plus tard,

Amy passait une robe moulante avec des manchettes garnies d'anneaux plats et rigides donnant l'illusion d'une pile de soucoupes sur le point de glisser le long de ses bras. Ornées de paillettes argentées, celles-ci diffusaient des reflets métalliques à chacun de ses mouvements. Un chapeau assorti doté d'une voilette à pois complétait cette tenue spectaculaire.

Une fois l'essayage terminé, Luca dit quelque chose en italien à une vendeuse à propos de Vallia. Plusieurs paquets furent portés dans la voiture.

— Ce sont des tenues décontractées pour l'île, expliqua-t-il. Le reste sera envoyé à Vallia avec la robe, en prévision de nos autres sorties.

— Quelles sorties ?

— Des cocktails. Des inaugurations. Et je préside une cérémonie de remise de prix à Tokyo après le gala.

Et ensuite, quoi ? Un petit nuage d'anxiété poursuivait Amy. Elle avait une carrière à reprendre, et devenir la maîtresse officielle d'un homme n'avait jamais fait partie de ses projets. Qu'elle décide de se contenter de jouer la comédie ou de partager de nouveau son lit, elle ne resterait pas éternellement avec lui. Lorsqu'ils quittèrent la boutique, la nouvelle de leur présence à Milan s'était répandue. Ils furent suivis par des paparazzis jusqu'à l'hélicoptère, qui heureusement les emporta jusqu'à une île calme et isolée, dans un décor féerique. Des falaises escarpées s'élevaient à pic au-dessus du lac, sur lequel quelques bateaux tiraient des skieurs à une distance suffisante pour que le bruit soit à peine audible. Au loin sur la rive on apercevait un petit village.

Luca lui expliqua que le château était à l'origine un monastère, dont la construction remontait au $\text{v}^{\text{e}}$ siècle. Un haut clocher rectangulaire se dressait au milieu de l'enceinte délimitée par un mur épais recouvert de mousse et de lierre, mais le reste du bâtiment se limitait à trois étages. Un chemin pavé qui sinuait parmi les arbres reliait l'héliport au château. Une bonne odeur de sapin de Noël et de terre fraîchement retournée embaumait l'air.

— Aucun véhicule à part une voiturette de golf pour les bagages. Et les provisions sont livrées par bateau, ajouta Luca en indiquant un petit port dans lequel étaient amarrés deux vedettes à moteur et un bateau utilitaire qui était en train d'être déchargé.

Ils pénétrèrent dans le château par une ancienne arrière-cuisine devenue une entrée avec des patères pour les vestes et un banc coffre en bois dans lequel ils laissèrent leurs chaussures. Sans doute était-ce à cause du décor simple et de l'atmosphère agréable qu'il appelait cottage ce château, se dit-elle. Lorsqu'ils passèrent devant la cuisine il salua cordialement le chef, puis hocha la tête en signe d'approbation.

— Le soleil commence à se coucher. Il demande si nous voulons le regarder depuis la terrasse en mangeant quelque chose ou depuis le clocher ?

— Plutôt le clocher.

Il traduisit sa réponse au chef, puis ils montèrent en haut du clocher par un étroit escalier en spirale.

— La cloche ne sonne plus depuis longtemps, mais ça ne me dérange pas, déclara-t-il. Alors pourquoi la faire réparer ?

— Oh ! j'ai oublié mon téléphone ! lança-t-elle en tâtant ses poches. Je veux des photos !

Elle regarda la vue depuis les quatre coins, de plus en plus émerveillée à chaque fois. Le soleil descendait derrière un pic, baignant d'une lumière orangée les falaises environnantes. L'air était incroyablement pur et la hauteur grisante.

— Tu devais aimer venir ici quand tu étais enfant. Depuis combien de temps cette île appartient-elle à ta famille ?

— Je l'ai achetée il y a quelques années quand elle a été mise en vente.

— Oh ! intéressant. Pourquoi ?

— Parce qu'elle est belle et isolée.

« Évidemment », sous-entendait le ton de Luca.

— Tu ne l'as pas achetée pour y cacher tes maîtresses ?

— Comme un dragon collectionneur de damoiselles ? Oui, je t'ai attirée ici, et tu ne pourras pas repartir tant que tes cheveux ne seront pas assez longs pour te servir de corde et te permettre de descendre de ce clocher. Non, Amy. Et de quelles femmes parles-tu ?

— Je ne sais pas. De celles avec qui tu as des aventures discrètes. Sur des îles privées.

Elle se tourna vers la vue pour se donner une contenance. Il fallait qu'ils aient cette conversation, mais c'était tout de même un peu embarrassant…

— En fait, c'est ici que je me cache de ces hordes de femmes, pour me reposer et reprendre des forces, dit-il d'un ton sarcastique. J'ai permis à ma sœur de séjourner ici, mais tu es la seule personne que j'y ai invitée.

— La seule ?

— Pourquoi sembles-tu aussi surprise ? Combien de maîtresses penses-tu que j'ai eues, exactement ?

— Suffisamment pour être très doué au lit, répondit-elle par-dessus son épaule d'un ton désinvolte, comme si elle s'en moquait.

Elle ne s'en moquait pas du tout. Pourtant elle aurait dû.

— Toi aussi tu es très douée au lit.

Il s'approcha d'elle et fit courir les doigts dans son dos.

— Devrais-je te demander avec combien d'hommes tu as couché ?

— Comment sais-tu que je n'ai couché qu'avec des hommes ? rétorqua-t-elle en pivotant sur elle-même et en relevant le menton d'un air de défi.

Il ne rit pas. Mais il ne la prit pas non plus au sérieux.

— Il en faut beaucoup plus pour me choquer. Très honnêtement je me moque de ce que tu as fait et avec qui, du moment que c'était consenti et assez responsable pour que je n'aie pas à m'inquiéter pour ma santé.

Le cœur d'Amy se serra. Le choquerait-elle si elle lui racontait le comportement déplorable qu'elle avait eu avec son professeur ? Il appuya les mains contre le mur de chaque côté de sa taille, et elle perdit le fil de ses pensées.

— Ce qui m'intéresse c'est le genre d'histoire que tu aimerais avoir. Avec moi. Que veux-tu faire, Amy ?

— Rien de tordu, prévint-elle en posant instinctivement la main sur son torse. Juste des choses normales.

— Normales ?

Il eut un sourire perplexe.

— Jouer au tennis ? Faire des puzzles ?

— Oui. Et nous lire mutuellement des livres. Austen de préférence, mais j'accepterai Dickens du moment que nous nous mettons d'accord sur un mot de sécurité.

Le sourire de Luca s'élargit.

— Taquine. Es-tu d'accord pour partager mon lit et continuer à ruiner ma réputation auprès de toutes les femmes de la planète ?

Elle déglutit péniblement.

— Luca, je ne veux pas…

— Quoi donc ? demanda-t-il d'une voix douce en écartant une mèche de sa joue.

Elle ne voulait pas souffrir. Pas encore une fois.

— Je ne veux pas risquer de m'embrouiller.

Elle toucha un bouton de la chemise de Luca.

— C'est juste une aventure. N'est-ce pas ? Pour quelques semaines ? Dans le but de faire taire les critiques ?

— Nous nous connaissons à peine, lâcha-t-il en s'écartant légèrement. Je ne dis pas que je ne prends pas cette relation au sérieux, mais je ne peux rien te promettre de permanent. Je n'ai jamais eu le luxe d'envisager l'avenir avec quelqu'un.

Il était prévu depuis toujours que je me marierais avec une femme approuvée par un groupe de conseillers du palais.

Avec une moue désabusée, il recula d'un pas.

— Pour qu'il en soit autrement il faut attendre que Sofia se marie et qu'elle mette au monde son héritier ou son héritière.

— Donc c'est bien une aventure que tu me proposes. C'est d'accord, mais j'ai besoin de savoir exactement à quoi m'attendre, puisque nous ferons comme si c'était… plus sérieux que ça.

Après un silence, il hocha la tête.

— Oui, juste une aventure.

Comme c'était romantique ! Le cœur serré, elle tourna les yeux vers le paysage. Le ciel qui s'obscurcissait semblait refléter son état d'esprit.

— Nous ferions mieux de redescendre pendant qu'il reste un peu de lumière, suggéra-t-elle pour tenter de s'arracher à la mélancolie qui l'étreignait.

Luca parut sur le point de dire quelque chose, mais il se contenta de hocher la tête. Il la précéda dans l'escalier en lui promettant de la rattraper si elle trébuchait sur les marches étroites et inégales. L'estomac noué, elle s'agrippa à la corde tendue à travers des anneaux de fer fixés au mur. Ne pas tomber. Il ne fallait pas tomber, se répétait-elle. Mais parviendrait-elle à l'éviter ?

# 9.

Luca était sur les nerfs. Sans doute était-ce à cause de sa situation. Il avait renoncé au trône, mais il n'avait pas encore réellement trouvé sa place dans le nouvel ordre des choses. Son esprit n'étant plus accaparé par les responsabilités qui incombaient désormais à sa sœur, il avait tout le temps de ruminer les réactions à sa déchéance.

Et à la femme qui en était la cause.

Amy avait disparu pour téléphoner à ses associées, et il buvait un verre en l'attendant. Elle semblait s'être repliée sur elle-même depuis qu'il avait déclaré que leur relation n'était qu'une aventure. Avait-elle envie d'autre chose ? Et lui ?

Il avait l'impression de l'avoir déçue, et c'était très contrariant. Il avait été aussi honnête que possible. Jusque-là elle avait été une compagne amusante et enjouée auprès de qui il se sentait plus vivant qu'il ne l'avait jamais été. Bon sang, tout ça c'étaient des sentiments ! Or il avait toujours fui les sentiments. Ils menaient systématiquement au désastre. Il avait accompli ce qu'il voulait en cédant à son désir pour Amy, mais il était temps qu'il retrouve sa discipline et sa prudence habituelles.

Par conséquent, il vaudrait mieux qu'ils se contentent de feindre d'avoir une aventure. Mais comment se résigner à se priver d'elle alors qu'elle était prête à partager son lit ? Cette perspective le rendait fou de frustration. Raison de plus pour ne pas céder à… Il laissa échapper un juron retentissant et repoussa son verre. Puis il parcourut ses mails et ses textos, et s'arrêta sur celui d'Emiliano, un vieil ami qu'il avait rencontré en raison de leur intérêt commun pour les technologies émergentes. Depuis, Emiliano avait accru la fortune familiale en développant des logiciels de reconnaissance faciale.

D'après les infos tu serais à Milan ? Je suis dans ma villa au lac de Garde. Rejoins-moi si tu as envie d'échapper à l'agitation de la ville.

Luca répondit :

*Grazie.* Nous n'allons pas bouger, mais je reprendrai contact avec toi au sujet des tuiles photovoltaïques dont nous avons discuté l'année dernière.

Luca reprit la consultation de ses textos, mais le dernier d'Emiliano lui fit froncer les sourcils.

D'accord. L'invitation est valable à tout moment. Dis bonjour à Amy de ma part.

La nervosité de Luca laissa immédiatement place à une jalousie féroce. Il serra les dents. Allons bon, la jalousie était le plus infantile de tous les sentiments. Décidément, ça ne s'arrangeait pas !

Amy revint, la mine inquiète.

— Tout va bien ? demanda-t-il en s'efforçant de surmonter cet accès soudain de possessivité.

— Clare est à l'étranger, et Bea est partie avec un client. Quand nous lui avons proposé de nous rejoindre c'était uniquement en tant que conseillère juridique, mais elle a été amenée à travailler directement avec Ares Lykaios. Tu as dû voir son nom sur notre site. C'est notre plus gros client. Et c'est lui qui nous a fait connaître.

— Je sais qui c'est. Tu préférerais être à la place de ton amie, aujourd'hui ?

Que lui prenait-il de poser cette question ? Pourquoi se

sentait-il menacé ? C'était ridicule ! Mais c'était plus fort que lui… Décidément, il était urgent qu'il se ressaisisse.

— D'un côté, oui. Bea doit être un peu dépassée. Il est coriace et arrogant, alors qu'elle est timide par nature. Avec Bea nous avons l'habitude de nous répartir les rôles. Elle m'aide à gérer la paperasserie en interne, et moi je lui apporte mon soutien pour tout ce qui est relations avec l'extérieur. Je crains qu'elle ne sache pas s'y prendre avec Ares.

— Mais toi tu sais ?

Amy darda un regard aigu sur Luca.

— C'est un client, et les services que je propose répondent à ses besoins professionnels. Pourquoi ? Qu'est-ce que tu insinues ?

— Rien, marmonna-t-il, furieux contre lui-même.

— Si, il y avait un sous-entendu dans ta question. Je n'ai pas de relations personnelles avec mes clients, Luca. C'est pour cette raison que tu n'en es plus un.

— Emiliano Ricci est un client à toi ? C'est comme ça que tu le connais ?

Elle arqua les sourcils, visiblement surprise, puis elle haussa les épaules.

— Ça ne te regarde pas, mais non. Ce n'est pas un de mes clients. Pourquoi ? Je croyais que tu te moquais de ce que j'avais pu faire et avec qui.

— En effet, acquiesça-t-il en arpentant le salon. Mais vous avez été amants ?

— Je l'ai rencontré au cours d'une mini-croisière d'un week-end destinée aux développeurs d'applications. Nous avons discuté des médias sociaux et de leur utilisation des algorithmes pour influencer les internautes. Mais je crois que je préfère encore rappeler ma mère que de poursuivre *cette* conversation avec toi.

Il ne chercha pas à la retenir. Mieux valait prendre ses

distances. Il avait des réactions vraiment excessives… La résolution de Luca s'évanouit en quelques secondes. Il se leva.

— Amy ! lança-t-il depuis le bas de l'escalier principal.

Elle apparut sur le palier et le regarda d'un air hautain.

— Je *voudrais* m'en moquer, mais je n'y arrive pas.

— Tant pis pour toi. Moi je m'en moque.

Il monta les marches quatre à quatre et ouvrit la porte de la chambre d'amis qu'elle venait de claquer. Elle se retourna et le foudroya du regard.

— Je n'aime pas éprouver des sentiments que je n'arrive pas à contrôler, déclara-t-il, les dents serrées. Je devrais peut-être demander à ton amie Bea de m'aider à régler le problème ?

Des étincelles jaillirent des yeux verts d'Amy, et il faillit éclater de rire.

— Tu vois ? Ça ne te plaît pas non plus.

Elle croisa les bras, menton relevé.

— Tu es venu jusqu'ici pour vérifier si tu pouvais me rendre stupidement jalouse moi aussi ?

— Je n'en suis pas fier. Mais j'avais besoin de savoir.

— On est jaloux quand on manque de confiance en soi. Ce n'est pas mon cas.

Elle commença par résister quand il tenta de lui faire décroiser les bras, puis elle finit par céder. Il déposa un baiser au creux de chacun de ses poignets.

— Moi non plus. Mais nous n'avons pas encore eu le temps d'apprendre à nous faire confiance mutuellement, n'est-ce pas ? Si bien que nous échouons au test.

— À quoi joues-tu ?

Elle libéra une de ses mains d'un geste vif.

— Tu as dit que c'était une aventure insignifiante.

— Je n'ai jamais dit « insignifiante ».

Elle voulut dégager son autre main, mais il la retint et l'attira plus près de lui. Sous les étincelles de colère, son regard exprimait une vulnérabilité qui le surprit et le désarma. Il l'attira encore plus près avec douceur, puis il lui fit passer son bras libre autour de sa taille avant de lui masser les épaules.

— J'ai toujours su ce qu'on attendait de moi, déclara-t-il. Et je me suis toujours montré largement à la hauteur. Mais dès l'instant où je t'ai rencontrée j'ai été déstabilisé. Je sais comment je devrais me comporter, mais mon instinct me pousse à faire tout l'inverse. À céder à mon désir irrépressible pour toi.

Il resserra les bras autour d'elle.

— Mais je ne peux pas laisser gagner cet animal en moi. Parce que je sais à quel point il est dangereux. Cette guerre qui se livre en moi me tue, alors il faut me pardonner si par moments je gronde et je montre les dents.

Il fit glisser une main jusqu'au creux de ses reins. Il suffit de quelques caresses pour qu'elle laisse échapper un gémissement à mi-chemin entre la capitulation et l'irritation.

— Pour moi aussi c'est nouveau, reconnut-elle. Depuis la mission pour laquelle tu m'as engagée jusqu'aux réactions que tu déclenches en moi. C'est très déstabilisant.

— Je sais. Et je n'ai rien fait pour te faciliter les choses. Tu as toutes les raisons d'être furieuse contre moi.

Il immobilisa la main juste au-dessus de ses fesses.

— Je ne suis pas furieuse contre toi et je ne t'en veux pas. J'ai accepté de travailler pour toi, puis j'ai couché avec toi. C'est à cause de moi que nous avons été vus. Je suis consciente de mes erreurs. Et je suis inquiète parce que je me demande si nos efforts pour renverser la situation auront l'effet escompté.

— Ce sera encore plus compliqué si nous nous querellons, non ?

— À qui la faute ? rétorqua-t-elle tout en se laissant aller contre lui.

— Je plaide coupable.

Il écarta les doigts pour effleurer le haut d'une fesse.

— Nous devrions peut-être nous embrasser et nous réconcilier. Pour notre image.

— Hum… Ici, dans cette chambre où personne ne peut nous voir ? C'est vrai qu'une image de marque doit être cultivée sans relâche.

— Oh… tu parles encore boutique, *amata mia*. Ça m'excite terriblement, murmura-t-il en l'embrassant dans le cou.

Elle pouffa.

— Vraiment ? Parce que j'étais sur le point de dire que je suis actuellement avec le seul homme qui compte pour moi, mais d'accord. Je vais plutôt te parler de l'intérêt des infographies partageables.

Il releva la tête, submergé par un plaisir intense. Comment une simple remarque prononcée sur le ton de la plaisanterie pouvait-elle le toucher à ce point ? C'était terrifiant…

— Qu'y a-t-il ? demanda Amy.

— Rien.

Posant la main sur sa joue, il captura sa bouche dans un baiser à la fois vorace et plein de tendresse.

Amy était au comble de la confusion. Sa querelle avec Luca avait accru les doutes déclenchés par leur discussion en haut du clocher. Plus que jamais elle avait craint de souffrir si elle poursuivait son aventure avec lui. Mais maintenant… Ce baiser fougueux était mêlé d'une telle tendresse… Elle n'était plus en état de réfléchir. Aux sensations inouïes qui l'assaillaient de toutes parts s'ajoutait une émotion extraordinaire. La ferveur avec laquelle il l'embrassait, la délicatesse de ses caresses, la dureté de son sexe contre son ventre… C'était à la fois terriblement excitant et bouleversant. Elle se sentait belle, désirable, infiniment précieuse… Sans interrompre leur baiser, ils se déshabillaient mutuellement tout en se rapprochant du lit.

— Luca…

Ils se laissèrent tomber sur le matelas, pas encore tout à fait nus mais incapables de se séparer pour finir de se dévêtir complètement.

— J'ai besoin de me perdre en toi. J'en ai besoin comme j'ai besoin d'air pour respirer, murmura-t-il d'une voix rauque.

La gorge nouée et les yeux humides, elle hocha la tête. Le temps de mettre un préservatif, il s'enfonça en elle tandis qu'elle couvrait ses bras et ses épaules de baisers fiévreux.

— Je ne sais pas si je serai un jour capable de vivre sans ça…

En même temps que cette pensée lui traversait l'esprit, elle prit conscience qu'elle l'avait exprimée à haute voix. Des étincelles jaillirent des yeux de Luca, et son regard possessif plongea dans le sien. Leurs bouches se mêlèrent dans un nouveau baiser fervent, et ils s'abandonnèrent à la passion qui les emportait.

— Je te veux avec moi, supplia-t-elle d'une voix rauque, au bord du précipice.

— Je suis là…

Le plaisir les submergea à l'unisson, si prodigieux qu'il leur arracha un même cri modulé, qui résonna longuement dans la pièce. Incapable de rouvrir les yeux, elle resta ensuite dans un état de félicité absolue pendant une éternité, convaincue qu'ils ne formaient plus qu'un seul être.

— C'était fabuleux, murmura Luca quand ils finirent par se séparer.

Il se débarrassa du préservatif, puis ils s'installèrent plus confortablement, blottis l'un contre l'autre. Luca enfonça les doigts dans ses cheveux et déposa un baiser sur sa tempe.

— Quel idiot j'étais de penser qu'un homme de ton

passé pouvait avoir la moindre influence sur ce que nous partageons aujourd'hui !

Au lieu d'être rassurée, elle ouvrit brusquement les yeux alors qu'un homme de son passé s'imposait à son esprit. Il n'y avait aucune raison pour que cette histoire soit déterrée, se dit-elle aussitôt. Mais une bouffée d'angoisse l'assaillit. Et si elle se trompait ? Un homme averti en valait deux. Il fallait qu'elle en parle à Luca.

Mais c'était si humiliant... Le seul fait d'y penser la révulsait. Tenter d'expliquer, revivre la honte, le remords, la trahison de ses parents... L'image que Luca avait d'elle allait changer du tout au tout. Non, impossible de se résoudre à gâcher cette intimité toute nouvelle. Le torse de Luca se soulevait sous sa tête au rythme de sa respiration. Se blottissant plus étroitement contre lui elle laissa les mauvais souvenirs s'estomper.

— Quel effet cela fait-il de ne plus être la personne la plus en vue de l'assistance ? demanda la jumelle de Luca en le rejoignant.

La reine Sofia de Vallia était d'une élégance suprême dans une des robes vintage de leur mère, avec dans les cheveux un diadème faisant partie des joyaux de la Couronne. Le gala de la fondation était le premier événement auquel elle assistait, ainsi que leur première apparition publique côte à côte depuis l'Inversione, terme par lequel la presse désignait leur coup d'État pacifique.

Le regard de sa sœur était fixé sur Amy, entourée par une nuée de photographes, constata Luca. Sofia désapprouvait-elle l'attention dont Amy faisait l'objet ? Pour la première fois de son existence il éprouva une pointe d'hostilité à l'égard de la seule personne qu'il s'était toujours juré de protéger au prix de sa propre vie.

— Je n'ai jamais eu envie de l'être, répliqua-t-il après avoir bu une gorgée de champagne. Tu le sais.

— Je te taquinais.

Visiblement surprise par son ton crispé, Sofia darda sur lui un regard pénétrant.

— Tu l'aimes bien.

Il se maudit. Une fois de plus il réagissait de manière excessive.

— Je ne couche qu'avec des femmes que j'aime bien.

— Évidemment. Mais tu l'aimes *vraiment* bien. Et moi qui croyais que c'était une comédie montée dans mon intérêt. Je vais l'inviter à déjeuner. Pour faire plus ample connaissance avec elle.

— Elle repart pour Londres tout de suite après notre retour de Tokyo.

Sofia eut un regard interrogateur signifiant : « Et ensuite ? » Il resta silencieux. Mieux valait s'abstenir de reconnaître qu'il envisageait d'aller à Londres avec Amy. L'avenir était encore trop incertain. Sofia n'était pas mariée, et pour l'instant elle ne cherchait pas un prince consort. Par ailleurs, l'opinion avait beau être favorable à la reine Sofia, certains restaient très hostiles à Amy, parce qu'elle les avait privés de leur roi.

— Elle semble bien supporter d'être dans la lumière, n'est-ce pas ? commenta Sofia.

Luca réprima une moue de dérision. Amy s'attirait la sympathie à force de sourire, mais l'attention ne retomberait jamais. Et elle serait sans cesse soumise au jugement de l'opinion publique. Il avait beau ne plus être roi, il était condamné à rester irréprochable toute sa vie. Il ne pouvait pas lui imposer une telle contrainte. Pas éternellement. Son sourire commençait déjà à se crisper. Il posa son verre sur le plateau d'un serveur qui passait parmi la foule.

— Oui, mais je vais quand même voler à son secours. Excuse-moi.

Amy suivit Luca avec soulagement lorsqu'il l'invita à danser.

— Tu tiens le coup ? demanda-t-il en l'entraînant dans une valse.

— Je sous-estimais les efforts que je demandais à mes clients quand je leur disais : « Il suffit de sourire quand on vous prend en photo. » Mais c'est sans doute ma faute. J'aurais dû choisir une robe plus discrète. L'année prochaine je porterai un smoking.

Elle se maudit aussitôt. Que lui avait-il pris de parler comme si elle était certaine d'être encore avec lui dans un an ?

— Ou un pyjama, suggéra-t-il en esquissant un sourire.

Elle se détendit.

— Je suis heureuse qu'ils aient été appréciés, mais je ne peux pas m'en attribuer le mérite.

— Pourquoi ? Sofia et moi nous n'en aurions jamais commandé si l'option ne nous avait pas été présentée.

Cependant, la reine et l'ex-roi avaient passé chacun une commande d'une centaine de pièces à répartir dans les unités de soins de longue durée à travers tout le pays. Leur exemple incitait les participants au gala à les commander par lots de dix au lieu de deux comme elle l'avait prévu au départ.

— Tu voudras visiter l'usine de pyjamas pendant notre voyage en Asie ?

— Oh ! quand tu présideras cette cérémonie de remise de prix à Tokyo ? Oui. Ce serait l'occasion de rencontrer le fabricant pour m'assurer que la production s'effectue dans le respect des règles éthiques, comme ils l'annoncent.

— Tu auras besoin d'un photographe ? Je t'accompagnerai.

— Voilà que tu vas faire mon travail à ma place…

— Je suis en pleine reconversion. J'ai envie d'explorer de nouvelles pistes.

Elle pouffa, le cœur joyeux. Jamais elle n'avait été aussi heureuse de sa vie. Luca la rendait optimiste et lui donnait le sentiment d'être la personne la plus chanceuse du monde. Surtout quand il plongeait dans le sien ce regard étincelant de fierté et de désir ! Avant de le connaître elle considérait sa vie comme agréable, mais à présent elle était fabuleuse. Les couleurs étaient plus vives, la musique plus exaltante, le soleil plus éclatant. Et elle ne s'était jamais sentie aussi sûre d'elle. Était-ce ce qu'on ressentait quand on était amoureuse ? Oh… Elle vacilla sur ses jambes, et Luca arqua les sourcils.

— Tu as beaucoup bu ?

— Une coupe. J'ai juste été… distraite un instant, mentit-elle.

*Je t'aime. Je t'aime.*

Les jours suivants furent bien remplis. Luca passait la plupart de son temps en réunion à élaborer la définition de son nouveau rôle. De son côté elle travaillait à distance, s'efforçant d'atténuer les conséquences du scandale de la photo volée pour London Connection et sa carrière.

Ce matin, Luca avait dit à quelqu'un :

— Je passerai sans doute les prochaines semaines à Londres.

Comme ils n'étaient pas seuls, elle n'avait pas eu l'occasion de lui demander si cela signifiait qu'il souhaitait poursuivre leur relation. Pour sa part, elle n'avait pas besoin de réfléchir pendant des heures. Oui, bien sûr, elle avait envie de continuer à le voir. Ils étaient tous les deux amoureux, elle en était certaine. Et, si ça lui donnait un visage rayonnant, elle n'y pouvait rien.

C'était peut-être pour cette raison qu'elle attirait autant de regards aujourd'hui. Ou peut-être parce que ce matin Luca et elle avaient eu la chance d'être invités à une visite privée du jardin impérial de Shinjuku en compagnie de dignitaires japonais, afin d'admirer les cerisiers en fleurs. Quelques photographes les avaient suivis, et les clichés devaient sans doute être publiés en ce moment. En tout cas son téléphone, posé à l'envers sur la table en mode silencieux, ne cessait pas de vibrer.

Elle l'ignora et concentra son attention sur Luca, qui présidait la cérémonie de remise des prix. Debout sur la scène il parlait tour à tour en italien et en japonais, si bien que la plupart de ses propos lui échappaient, mais elle comprenait malgré tout qu'il était en train de remettre un prix récompensant la collaboration et l'innovation déployées pour l'élaboration de solutions technologiques commandées par Vallia. Un des assistants de Luca, qui se tenait derrière lui, regarda Amy avec insistance. Elle arqua les sourcils. Il entendait les vibrations de son téléphone d'aussi loin ? Elle mit l'appareil dans son sac, avec le sentiment que d'autres regards étaient tournés vers elle.

Luca annonça le nom des lauréats. Un couple de collaborateurs, mari et femme, se leva sous les applaudissements pour aller chercher la statuette que Luca devait leur remettre. De nouveau, Amy surprit des regards curieux qui se tournaient vers elle. Pendant les remerciements des lauréats, Luca rejoignit son assistant derrière eux et jeta un coup d'œil à l'écran que ce dernier lui montrait. Il se raidit, releva vivement la tête et la regarda, les yeux étincelants. Elle sentit son estomac se nouer. Qu'est-ce que… ?

Le couple termina son discours et quitta la scène, visiblement interloqué par les murmures qui parcouraient la salle. Le cameraman qui filmait la cérémonie tourna son objectif vers elle, et un journaliste surgit devant elle, un micro à la main.

— Est-il exact qu'à cause de vous un professeur a été renvoyé de l'école de filles Upper Swell ? Avez-vous déjà dans le passé détruit la vie d'un homme ?

# 10.

Luca disparut dans la coulisse, l'abandonnant à son sort.

Au même instant un deuxième journaliste se joignit au premier. Sous les regards insistants du public, elle prit son sac et tenta désespérément de récupérer sa veste, coincée contre un fauteuil par le premier journaliste. Une bouffée de panique l'assaillit. Elle inspira profondément et s'efforça de se ressaisir. *Ne pleure pas. Surtout, ne pleure pas.*

— Avez-vous tendu un piège au prince pour qu'il soit pris en photo nu ? Quelqu'un vous a-t-il payée pour ça ? Sa sœur ?

Un des gardes du corps de Luca fendit la foule et s'interposa entre elle et les journalistes. Il saisit ses affaires et l'escorta jusqu'à la sortie la plus proche tandis que les questions continuaient de fuser. Il la fit monter à l'arrière d'un SUV, à côté de Luca, assis en face de son assistant. Son autre garde du corps était installé à l'avant. Celui qui l'avait ramenée s'assit en face d'elle et ferma la portière.

— C'est vrai ? demanda Luca d'un ton vif.

Elle ne l'avait pas vu vibrer d'une telle rage contenue depuis qu'il lui avait parlé de la mort de son père.

— Je ne veux pas en parler ici.

— Tu ne nies pas.

— Qui…

La gorge nouée, elle dut s'éclaircir la voix pour attirer l'attention de l'assistant.

— Qui a publié cette histoire ?

Il lui donna le nom d'un site de ragots connu pour sa soif de sensationnalisme.

— Leur source est l'épouse d'Avery Mason. Elle affirme qu'il s'est confié à elle au début de leur mariage.

Amy posa la main sur son estomac et regarda par la vitre.

— Le plan de vol a été modifié, monsieur, annonça l'assistant à Luca après avoir saisi des données sur sa tablette. L'équipe nous rejoindra à Athènes quand nous ferons le plein.

« L'équipe » était sans doute le même groupe de juristes, de communicants et de conseillers qui avaient géré la crise due au premier scandale… Elle n'avait plus son mot à dire, bien sûr. Comment pourrait-il continuer à lui faire confiance ? C'est lui qui allait élaborer le récit, et ses avocats insisteraient sans doute pour qu'elle signe un document. Peut-être même porterait-il plainte contre elle. Le contrat qu'elle avait signé ne spécifiait pas en toutes lettres qu'elle avait été engagée pour ruiner sa réputation. Sur ce point ils s'étaient contentés d'un accord tacite. Ils arrivèrent à l'aérodrome privé et s'arrêtèrent à côté du jet royal. Des paparazzis habilement dissimulés parvinrent malgré tout à prendre des photos, qu'elle retrouva sur son téléphone lorsqu'elle le consulta juste avant le décollage.

— Tu trembles, dit Luca d'une voix crispée. Tu as besoin de quelque chose ?

Une machine à remonter le temps ? Ses amies ? Elle sortit de son sac un des somnifères qu'elle avait pris à l'aller, elle demanda un verre d'eau et l'avala. Luca répondit à un appel d'un ton sec.

— *Si. No lo so. Presto. Addio.*

Elle rendit son verre à l'hôtesse et envoya un texto à Bea et à Clare. Ça ne servait pas à grand-chose. Elles étaient accaparées par des clients. Alors qu'elle envoyait d'autres messages à quelques-uns de ses contacts les plus proches, l'image de sa mère s'afficha à l'écran. *Ne pleure pas. Surtout, ne pleure pas.* Elle ignora l'appel, puis elle lui envoya un texto pour expliquer qu'elle était sur le point de décoller et qu'elle devait mettre son téléphone en mode avion. C'était faux, mais elle n'était pas en état d'affronter un sermon maternel. Elle éteignit son téléphone et le posa. Luca en fit autant avec le sien et la regarda. L'avion commença à rouler sur la piste. L'hôtesse s'était assise à proximité de la cuisine. Les autres employés étaient installés plus loin. Ils étaient donc seuls, face à face comme deux duellistes.

— Oui, c'est vrai, déclara-t-elle.

Par chance, le somnifère commençait à faire effet. Rien de tel pour se détendre et atténuer l'humiliation cuisante de devoir revivre l'expérience la plus traumatisante de sa vie.

— J'ai eu une aventure avec un professeur quand j'étais en dernière année. C'est pour ça que j'ai été exclue et que mes parents m'ont déshéritée.

— Quel âge avait-il ?

— Vingt-neuf ans. J'en avais dix-huit.

Luca jura.

— Ce n'était pas une aventure, Amy. Il aurait dû être arrêté.

— Oh ! c'est un minable. Je ne vais pas dire le contraire. Mais c'est moi qui ai fait le premier pas. Et quand il m'a dit que nous ferions mieux de nous abstenir j'ai insisté. Je t'ai avoué que j'étais une enfant gâtée. Je n'avais pas l'habitude qu'on me dise non. Il semblait fasciné par moi, et ça me plaisait. Et puis il avait l'air d'avoir tellement de mal à me résister…

— Un homme adulte ne peut pas être considéré comme victime d'une adolescente.

— Il ne l'était peut-être pas jusqu'à ce que sa mère, la directrice de l'école, découvre ce qui se passait. À partir de ce moment il s'est transformé en bébé sans défense. Et moi j'ai été exclue. L'affaire a été étouffée par sa mère et la mienne. Elle ne s'était pas vraiment ébruitée, de toute façon. Bea et Clare étaient les seules personnes à me soutenir. Elles voulaient quitter l'école par solidarité. Mais je refusais qu'elles gâchent leur avenir uniquement parce que j'avais gâché le mien. Elles m'ont aidée financièrement au début, mais je m'en suis finalement sortie quand j'ai commencé la promotion d'événements en ligne. Plus tard j'ai été très fière quand Clare m'a proposé de créer London Connection avec elle. J'ai eu le sentiment d'être enfin utile après le gâchis des années précédentes. Mais aujourd'hui… j'ai de nouveau tout gâché.

— Pourquoi as-tu accepté la mission que je t'ai confiée après avoir vécu une histoire de ce genre dans le passé ?

— Je ne m'attendais pas à la revivre ! C'est toi qui as décidé d'utiliser le scandale des photos. Tu disais que c'était une occasion à saisir, rappela-t-elle.

— Si j'avais été au courant, j'aurais pris une autre décision !

— Vraiment ?

— Tu ne m'as pas laissé la chance de le prouver, n'est-ce pas ? Tu ne m'as pas prévenu des risques. Après tes grands discours sur la confiance, tu n'as même pas été honnête avec moi.

— Ne me fais pas un sermon sur l'honnêteté, s'il te plaît. Tu étais si convaincu de ta propre perfection que tu t'es senti obligé d'engager quelqu'un pour ternir ton image. Pour que l'unique faux pas de ta vie ne soit pas réellement le tien. Tu voulais pouvoir te dire que quoi qu'il arrive tu n'étais pas coupable. Tu veux croire que ton image d'homme irréprochable correspond à la réalité. Eh bien, voici un scoop, Luca. Nous commettons tous des erreurs. C'est pour ça que mon job existe ! Je suis *ton* erreur. Et tu vas devoir vivre avec.

Elle se renversa contre le dossier de son siège, épuisée.

Entre sa détresse et le somnifère, elle avait l'impression d'être écrasée par le poids du monde.

— Mon erreur a été de croire que la fille dévergondée d'Upper Swell allait vivre heureuse jusqu'à la fin de ses jours avec le Prince Prodige, marmonna-t-elle.

— Je ne t'ai jamais rien promis de ce genre.

— C'est vrai, acquiesça-t-elle, de plus en plus somnolente. Tu m'as dit que ce serait juste une aventure, et je t'ai cru. Mais tu m'as poussée à tomber amoureuse de toi.

Elle cligna les paupières sur ses yeux noyés de larmes.

Elle se réveilla dans la chambre de Luca plusieurs heures plus tard. Était-ce lui qui l'avait portée jusque-là ou bien un de ses gardes du corps ? En tout cas, on lui avait enlevé ses chaussures et on l'avait couverte avec une couverture. Elle se coiffa avec ses doigts et utilisa la brosse à dents qui lui avait été attribuée à l'aller, quand Luca et elle étaient en parfaite harmonie et qu'elle avait cru… Elle secoua la tête. Avait-elle vraiment cru qu'ils avaient un avenir commun ? *Allons, Amy. Tu n'es pas idiote à ce point.* L'esprit embrumé, elle regagna son siège. Luca avait incliné le sien, et il dormait profondément. Elle sentit son cœur se serrer. Dire qu'il aurait pu dormir dans son lit avec elle… Eh bien, au moins, le message était clair. Elle ne se réveillerait plus jamais à côté de lui. Elle alluma son téléphone et se força à consulter ses messages. Au cas où… Son cœur fit un bond dans sa poitrine. Elle avait reçu une réponse au SOS qu'elle avait lancé quelques heures plus tôt. Baz Rivets, un de ses clients, était sobre depuis un an, mais il avait eu de sérieux problèmes d'addiction. Depuis le jour où elle l'avait connu à l'occasion d'un de ses premiers concerts avant qu'il devienne une rock star internationale, elle l'avait soutenu sans faille pendant ses nombreuses cures de désintoxication.

Elle le considérait comme un ami, mais elle n'aurait jamais imaginé qu'il volerait à son secours.

Je croyais que j'allais être obligé de retourner en cure pour te revoir. Nous faisons un détour par Athènes depuis Berlin. Je t'attends là-bas, mon chou.

C'était réconfortant, mais en même temps c'était comme si un chirurgien venait de lui annoncer qu'il pouvait lui sauver la vie, mais uniquement à condition de lui enlever la moitié du cœur… La gorge nouée, elle répondit à Baz en le remerciant, puis elle consulta le suivi du vol. Ils survolaient la Turquie. Dans quelques heures elle devrait dire adieu à Luca. Il se réveilla quand l'avion commença sa descente vers Athènes. L'espace d'une milliseconde son visage s'illumina quand il la vit, comme à chaque fois qu'il s'était réveillé à côté d'elle jusque-là. Mais presque aussitôt son visage se ferma. La faible lueur d'espoir qui brillait encore au fond de son cœur s'éteignit, la laissant plus désespérée qu'elle ne l'avait jamais été. Elle se tourna vers le hublot en serrant les dents. Pas question de présenter des excuses.

Quelques instants plus tard, ils roulaient sur la piste en direction d'un terminal réservé aux jets privés.

— Il faut que je réponde à ma sœur, déclara Luca en jetant un coup d'œil à son téléphone qui sonnait. Il déboucla sa ceinture, se leva et alla prendre l'appel dans la chambre.

Elle regarda par le hublot tout en rassemblant ses affaires. Où était Baz ? Oui, là ! Elle reconnut le jet au logo psychédélique. De l'air frais pénétra dans la cabine alors que la porte s'ouvrait. Elle se leva précipitamment et descendit la passerelle en bousculant certains membres de « l'équipe » de Luca, qui embarquaient déjà. Elle se mit à courir sur le tarmac. La passerelle du jet de Baz Rivets s'abaissa, et il apparut en haut des marches, les bras ouverts. Elle monta les degrés deux à deux et se jeta dans ses bras.

— Content de te voir, mon chou !

— Je ne savais pas comment rentrer en Angleterre sans être harcelée par les paparazzis, mais je ne m'attendais pas à ce que tu fasses un détour pour moi !

— C'est la moindre des choses. Je te rappelle qu'autrefois tu es allée en Thaïlande pour m'éviter la prison !

Il la serra contre lui et l'embrassa chaleureusement sur la joue.

— Oh ! il ne semble pas très content…

Elle se retourna. Depuis la passerelle de son jet, Luca la regardait avec une rage si flagrante qu'elle fut électrisée. Baz garda un bras autour de ses épaules et la pressa contre lui. Arborant un sourire aimable il salua Luca d'un signe de la main en disant entre ses dents :

— Ça t'apprendra, mufle royal. Amy doit être traitée comme la reine qu'elle est.

Luca continua de fixer Amy pendant un long moment. Mais il ne l'appela pas. Il ne vint pas la chercher. Et il se détourna le premier. Ce fut comme s'il lui plongeait un couteau dans le cœur. Baz l'entraîna à l'intérieur du jet.

— Viens raconter tout ça à oncle Bazzie. Les garçons, branchez la bouilloire pour notre petite Amy !

Luca tremblait de rage et d'incrédulité. Une question tournait en boucle dans son esprit. *Pourquoi ne m'a-t—elle pas prévenu que cette histoire risquait de faire surface ?*

— Je suis consciente qu'elle n'avait pas le contrôle de la situation, avait dit Sofia au téléphone quelques secondes plus tôt. Mais il est temps que tu prennes tes distances avec elle.

Il avait réprimé un soupir.

— Je sais.

Il avait atteint son objectif initial. Sofia était sur le trône. Et leur relation ne faisait que compliquer les choses pour Amy. La femme qui avait vendu l'histoire aux médias l'aurait beaucoup moins bien monnayée si le scoop n'avait concerné qu'une chargée de relations publiques travaillant avec des célébrités. Non, c'était la liaison d'Amy avec un membre de la famille royale de Vallia qui transformait en or toute information croustillante à son sujet. Ce filon aurait risqué d'être exploité tant qu'ils seraient restés ensemble. Mais, quand il avait vu Amy courir sur le tarmac vers un autre jet, il avait cru devenir fou. Il avait aussitôt raccroché au nez de sa sœur et il était sorti en courant sur la passerelle. À la vue du logo sur l'avion il avait compris quel genre d'individu elle avait rejoint. Une rock star… Il avait haï cet homme au premier regard.

« Tu m'as poussée à tomber amoureuse de toi. »

Il serra les dents. Si elle l'avait vraiment aimé, elle aurait eu confiance en lui et elle lui aurait parlé de son passé. Et surtout, elle ne se serait pas enfuie… La voir dans les bras de cet homme lui était insupportable.

— Monsieur, il y a dans le terminal des gens qui filment la scène avec leurs téléphones, dit quelqu'un à l'intérieur du jet.

Fantastique. Son humiliation finale était immortalisée… Mais ce n'était pas le pire. Il regagna son siège, accablé de remords. En voulant réparer l'injustice subie par sa sœur, il avait semé le chaos dans la vie d'Amy.

À peine fut-il assis qu'un des spécialistes en gestion de crise, qu'il avait convoqués au départ pour tenter de redorer l'image d'Amy et la sienne, prit la parole.

— Nous devons immédiatement publier un communiqué pour préciser que ce n'est pas elle qui a décidé de quitter l'avion, mais qu'elle en a été priée. Il faut neutraliser l'effet désastreux des photos qui vont bientôt circuler.

— Étant donné son passé, nous devrions pouvoir recadrer ces photos et les utiliser pour plaider en faveur de votre restitution sur le trône, intervint un autre.

Luca jura et indiqua la porte d'un geste rageur.
— Descendez de mon avion ! Tous !

Ni Bea ni Clare n'étaient à Londres, mais Bea avait proposé à Amy de se réfugier chez elle, et ce fut avec un immense soulagement qu'elle s'installa dans l'oasis de cet appartement familier. Cependant, en l'absence de ses amies il fallait qu'elle assure la gestion de London Connection. Elle envoya un mail à son assistante pour l'informer qu'elle travaillerait à distance pour limiter les perturbations que risquait de provoquer sa présence. En ce qui concernait son intention de démissionner, elle décida d'attendre le retour de Clare et de Bea pour la leur annoncer de vive voix. Elle se concentra en premier lieu sur la rédaction d'un communiqué concernant la récente révélation sur son passé et ses conséquences. Après avoir consulté les statistiques du harcèlement sexuel et remarqué l'indulgence dont bénéficiaient encore très souvent les hommes dans les commentaires postés sur les réseaux sociaux, elle renonça au ton contrit qu'elle avait d'abord prévu d'adopter.

Pour quelle raison un homme de vingt-neuf ans aurait-il davantage à perdre qu'une jeune femme de dix-huit ?

Tout le monde avait quelque chose à perdre quand cette aventure a eu lieu, mais c'est moi – la personne la moins expérimentée et la moins armée – qui suis devenue le bouc émissaire. J'ai été exclue de l'école avant d'avoir pu passer mon examen de fin d'études secondaires, ce qui m'a privée des études universitaires auxquelles j'aspirais.

Que mon avenir soit compromis ne préoccupait personne. Il était beaucoup plus important pour la mère d'Avery, directrice de l'école, de conserver son poste et d'éviter le conseil de discipline à son fils. Elle a convaincu mes parents de tirer un trait sur cette histoire. Ce qu'ils ont accepté parce qu'ils avaient eux-mêmes des intérêts à protéger.

Au lieu de m'encourager à porter plainte, ce que j'étais trop humiliée pour envisager moi-même, mes parents m'ont coupé les vivres. Je me suis retrouvée littéralement à la rue alors qu'Avery a immédiatement obtenu un poste dans une autre école.

Elle termina par des considérations sur le chemin restant à parcourir pour parvenir à l'égalité de traitement entre les hommes et les femmes, puis elle envoya son texte au rédacteur en chef d'un prestigieux quotidien américain. Ensuite elle fit appel à des gardes du corps pour regagner son appartement en toute sécurité.

Le roi de Vallia m'avait engagée pour valoriser l'image de la fondation de la reine de Vallia et assurer la promotion de son gala annuel.

Sofia lisait à haute voix la lettre ouverte que Luca avait sous les yeux sur l'écran de sa tablette.

Nous avions également évoqué la possibilité que j'accomplisse d'autres missions, mais cette option a été abandonnée lorsque nous avons noué des relations personnelles.

Il sentit sur lui le regard interrogateur de sa sœur. Ils prenaient depuis toujours leur petit déjeuner ensemble, une habitude qu'ils avaient conservée après son accession au trône et qu'ils n'avaient toujours pas abandonnée depuis que c'était Sofia qui gouvernait le pays.

Si je regrette le désagrément causé au roi Luca par la publication des photos, je ne m'estime pas responsable du fait qu'il a été obligé de renoncer à la Couronne en raison de notre liaison. Quand un homme commet une erreur, il est normal qu'il en assume les conséquences.

— Elle me plaît bien, commenta Sofia.

*À moi aussi.* Le cœur lourd, Luca lut à la fin de la lettre ouverte la note de la rédaction précisant que l'épouse d'Avery Mason avait fait appel depuis peu aux services d'un avocat hors de prix spécialisé dans le divorce.

— Tu crois que c'est pour ça qu'elle a vendu l'histoire ? demanda Sofia en éteignant sa tablette. Pour payer son divorce ?

— Et soutenir sa demande, sans doute, suggéra-t-il.

Quelles que soient ses raisons, cette femme ne lui inspirait pas la moindre indulgence. Elle avait utilisé Amy sans scrupule pour atteindre son objectif.

*Comme toi ?*

— Un démenti est en cours de rédaction, annonça Guillermo, qui venait d'entrer dans la pièce.

— Pourquoi ? demanda Luca avec irritation. Vous ne pensez pas que les hommes doivent assumer les conséquences de leurs actes ?

— *Signor…*

— Guillermo, vous voulez bien nous laisser, s'il vous plaît ? dit Sofia.

— Je ne regrette rien, déclara Luca après le départ de Guillermo.

— Luca, je sais. À propos de la mort de papa. J'ai demandé à Vincenzo de tout me raconter. Vincenzo était le responsable du service juridique.

— Je voulais t'épargner, pas te cacher quoi que ce soit.

— Je sais.

Sofia se leva de table et vint se placer derrière lui. Il se raidit. Il n'avait pas envie qu'on le réconforte. Il se raidit davantage encore quand elle posa les mains sur ses épaules.

— Je regrette que tu aies pensé que tu ne pouvais pas m'en parler. Que tu étais obligé de porter ça tout seul.

— À quoi bon t'imposer un horrible souvenir de plus ?

— Je sais. Mais j'avais besoin de comprendre. Quelque chose en toi a changé après cette nuit-là. Au début j'ai cru que c'était l'obligation de monter sur le trône. Que tu étais furieux que la Couronne ne me soit pas revenue. Mais ce n'était pas seulement ça. Je l'ai compris quand tu étais avec Amy. Elle te rend heureux, Luca, mais tu résistes à ça de toutes tes forces. Pourquoi ?

— Parce que regarde ce qui arrive quand des hommes de pouvoir comme moi obéissent à leurs pulsions.

Il indiqua la tablette, sur laquelle étaient toujours affichés les mots d'Amy. Tu crois que ça serait arrivé si elle n'avait pas été liée à moi ? Tu as vu à quel point elle était bouleversée le jour où notre liaison a été révélée ! Elle a menacé de brûler le palais parce qu'elle craignait qu'il n'arrive ça.

— À ce moment-là, tu ne le savais pas, Luca.

— Mais même si je l'avais su je n'aurais pas agi différemment. C'est ça qui me rend malade. Dès l'instant où je l'ai vue je l'ai désirée. J'ai été attiré par elle, mais je l'ai quand même engagée. Je l'ai amenée ici et j'ai cédé à mon désir. Et ça l'a détruite. Alors, oui, elle me rend heureux. Mais que faire ? Je ne peux que lui nuire.

« Tu m'as poussée à tomber amoureuse de toi. »

À chaque fois qu'il la revoyait lui disant ça, il en était malade.

— Tu sais pourquoi j'étais absente quand papa est mort ?

— Tu étais à une conférence des Nations unies.

— La conférence était terminée. Je me cachais dans une chambre d'hôtel. Je craignais d'être enceinte.

Luca se retourna vivement sur sa chaise pour regarder sa sœur, stupéfait.

— C'était une fausse alerte.

— Qui ?

— Quelqu'un qui n'avait pas prévu de devenir père et encore moins prince consort. Ce que je veux te dire c'est que tu n'es pas le seul à avoir des moments de faiblesse. Tu n'es pas le seul à avoir envie de trouver quelqu'un et d'être aimé.

— Je te soutiendrai toujours, quoi qu'il arrive, Sofia. Tu le sais.

Il pressa les doigts de sa sœur.

— Tu aurais pu m'en parler. Si quelque chose comme ça se reproduit, tu peux m'en parler.

— Je sais. Et moi aussi je te soutiendrai toujours, quoi qu'il arrive. Malgré l'impression que j'ai pu donner récemment.

Sofia indiqua la tablette.

— Regarde à quel point elle est forte. Tu penses vraiment qu'elle va laisser un homme la détruire ? Non. Elle a annoncé publiquement qu'elle garde la vie qu'elle s'est construite. C'est exactement le genre de femme qu'il te faut. Avec elle tu resteras honnête.

— Sais-tu à quel point c'est agaçant que les femmes de ma vie soient plus intelligentes que moi ? demanda-t-il en se levant.

— Au moins, tu es assez intelligent pour t'en rendre compte. Tu m'as permis de devenir ce pour quoi je suis faite. Je veux la même chose pour toi.

Sofia tendit la joue pour un baiser.

— Je t'aime et j'ai confiance en toi.

— *Ti amo, sorella.* Ne m'attends pas ce soir. Je serai absent le temps qu'il me faudra pour la reconquérir.

J'avais l'intention de démissionner, mais vous allez être obligées de me licencier.

Amy envoya ce texto à Bea et à Clare alors qu'elle se

préparait à partir au travail deux jours plus tard. Clare était inhabituellement silencieuse depuis quelques jours, ce qui était inquiétant. Bea, en revanche, l'appela immédiatement.

— Je vote pour ta promotion comme Directrice exécutive de l'exécution des goujats. Tu es mon héroïne. Je t'aime.

— Où es-tu ? Quand reviens-tu ?

— C'est long à expliquer.

— Oh ! mince. Attends. Un texto vient d'arriver. Ma mère menace de passer chez moi. Je ne lui ai pas parlé depuis avant Tokyo.

— Rien ne t'oblige à la voir.

— C'est ce que je vais lui dire.

Plus ou moins.

— Je te rappelle bientôt.

Amy contacta sa mère en visio. Celle-ci semblait étonnamment frêle. Au lieu d'une de ses tenues chics habituelles elle était en robe de chambre et pas maquillée. Elle avait le teint cireux et apparemment elle cachait une cigarette hors écran.

— Il y a des tas de paparazzis devant chez moi, maman. Et je pars au travail. Alors pas la peine de venir. Et je ne te les amènerai pas chez toi non plus.

— D'accord. Mais j'aurais aimé que tu écoutes mon point de vue sur cette vieille histoire au lieu de la publier. Et à New York en plus. Est-ce que tu te rends compte à quel point un procès aurait été traumatisant pour toi ? Régler ça discrètement c'était la meilleure solution. Tu devrais nous être reconnaissante.

— Tu as le droit d'avoir ton opinion. C'est tout ?

Amy posa son téléphone afin d'avoir les deux mains libres pour mettre ses affaires dans son sac.

— J'ai parlé à ton père. Il fait les démarches pour que tu puisses disposer de ton trust le plus tôt possible.

— Je n'en ai pas besoin, maman.

En réalité si, mais…

— Je n'ai jamais voulu d'argent de toi et de papa, ajouta-t-elle d'un ton sec.

— Pour l'amour du ciel, Amy ! N'as-tu jamais compris qu'il n'y en avait pas ? C'était une période de récession ! Ton père a été obligé d'emprunter des fonds du trust pour maintenir son entreprise à flot. Il a arrêté de me verser une pension. C'est pour ça que j'ai épousé Melvin. Pour pouvoir vendre la maison et payer tes frais de scolarité. Tu voulais absolument finir l'école avec tes amies. Et puis tu as été renvoyée. Honnêtement, je ne savais plus quoi faire. Nous avons tous les deux estimé que tu avais besoin d'une dose de réalité.

— Et la réalité, c'était que je ne pouvais pas compter sur mes parents pour être honnêtes avec moi.

— Ne joue pas les victimes, Amy. Tu étais une vraie casse-pieds.

— Cette discussion ne mène à rien, maman. Faisons une pause. Une longue pause. Je t'appellerai quand je serai prête à bavarder. Si tu n'as pas de nouvelles d'ici mon anniversaire, tu pourras m'appeler à ce moment-là.

— Dans *cinq mois* ? Non. Je te verrai au déjeuner de mercredi.

Amy roula les yeux.

— Je t'enverrai un texto une fois que j'aurai établi mon planning au travail. Bea et Clare sont absentes, si bien que les journées risquent d'être très chargées.

Un peu plus tard, ses gardes du corps lui ouvrirent un passage à travers le mur de paparazzis, et elle entra dans les locaux de London Connection. Cependant, malgré le coup de téléphone de soutien de Bea, elle n'était pas certaine de l'accueil qu'elle allait recevoir.

— Amy ! cria quelqu'un.

Tout le monde se leva pour l'applaudir. Les larmes aux

yeux, elle embrassa chacun avant de gagner son bureau. Comme elle l'avait prédit, la journée fut très chargée. Certains clients avaient quitté l'agence, mais les appels de nouveaux clients potentiels ne cessaient pas de faire sonner les téléphones. Encore plus encourageant, il y avait des mails de collègues d'agences concurrentes qui lui exprimaient non seulement leur soutien sur le plan personnel, mais aussi leur admiration d'un point de vue professionnel.

« Je préférerais travailler pour vous plutôt que pour l'agence dans laquelle je suis actuellement, disait plus d'un. S'il vous plaît, prévenez-moi quand vous recruterez. »

Elle réunit les chefs de service et les chargea de préparer des arguments pour l'aider à convaincre Bea et Clare dès leur retour de profiter de l'opportunité d'agrandir London Connection. La journée fut bien remplie et passa si vite qu'elle n'eut pas beaucoup de temps pour penser aux réactions que sa lettre ouverte risquait de provoquer. Elle s'attendait à une réponse cinglante, mais le Palais se contenta de publier une brève déclaration indiquant que la vie privée du prince ne ferait l'objet d'aucun commentaire. Cependant, lorsqu'elle arriva chez elle deux hommes en costume sombre l'attendaient dans le hall de son immeuble.

— Voulez-vous bien nous suivre, mademoiselle Miller ?

— Il n'en est pas question, rétorqua fermement un de ses gardes du corps en se plaçant devant elle.

— Tout va bien, je sais qui c'est, dit-elle en faisant signe à son ange gardien de s'écarter.

Elle scruta le visage du garde du corps de Luca. Il était impénétrable. De toute façon, il ne savait sans doute pas plus qu'elle ce qui l'attendait. Il n'y avait qu'un seul moyen d'en avoir le cœur net. Malgré son appréhension elle renvoya ses gardes et suivit ceux de Luca. Ils l'emmenèrent à Knightsbridge, dans un hôtel particulier victorien où elle fut conduite dans un salon au décor à dominante blanche.

Trois grandes fenêtres en arc donnaient sur un jardin au milieu duquel une jeune fille en marbre, torse nu, versait l'eau d'une cruche dans une fontaine. Comment ne pas penser au bassin du palais à Vallia et aux confidences de Luca sur la mort de son père ? À sa souffrance quand il avait évoqué les turpitudes de celui-ci ? Dire qu'à cause d'elle il avait été comparé à ce père auquel il ne voulait surtout pas ressembler…

— Je me suis senti chez moi dès que je l'ai vue.

Le cœur battant à tout rompre, elle se retourna. Appuyé contre l'encadrement de la porte, Luca la regardait. Oh ! comme il lui avait manqué ! Comment avait-elle réussi à supporter d'être séparée de lui ? Il était plus beau que jamais… Et surtout, il n'y avait pas la moindre lueur de colère dans ses yeux. Même s'il ne souriait pas et si son visage était impassible, elle n'avait qu'une envie : courir se jeter dans ses bras. Elle posa la main sur le dossier d'un fauteuil pour mieux lutter contre la tentation.

— Je…

Elle s'interrompit. Que venait-il de dire ?

— Attends… Tu viens juste d'acheter cette maison ?

— Oui. Tu veux la visiter ?

Il tendit la main. Elle le rejoignit comme dans un rêve. Les miracles existaient-ils donc ? Au contact de sa paume contre la sienne et de ses doigts qui s'entrelaçaient aux siens, elle crut que ses genoux allaient se dérober sous elle.

— Je pensais que tu serais en colère contre moi, dit-elle d'une voix tremblante. À cause de la lettre.

Un long frisson la parcourut. Chaque cellule de son corps renaissait à la vie.

— Je suis en colère. Mais pas contre toi. Je regrette que tu aies eu à écrire cette lettre. La cuisine.

Ils entrèrent dans une vaste pièce lumineuse, ouvrant sur un jardin potager par une grande porte-fenêtre.

— Le chef n'est pas encore engagé, mais tu te souviens de Fabiana ?

— Oui, bien sûr. Bonjour, Fabiana. Heureuse de vous revoir.

— *Ciao.*

Fabiana s'inclina légèrement avant de se remettre à ranger des provisions dans les placards.

— Un escalier extérieur donne accès à la terrasse. Tu as vu le jardin par les fenêtres. Les appartements des employés sont au rez-de-chaussée. Salle à manger, office, tu as vu le salon…

Il l'entraîna à travers toutes les pièces, vastes et très lumineuses, décorées de teintes pastel avec des touches de jaune vif, d'orange et d'indigo. À l'étage, une ancienne salle de réception avait été transformée en suite avec salon bar, coin repas, bibliothèque, salle de sport. La chambre était immense et la salle de bains attenante équipée d'une grande cabine de douche, de deux lavabos et…

— Cette baignoire !

Entourée de plantes tropicales et de bougies, celle-ci ressemblait à une petite piscine.

— J'ai pensé qu'elle te plairait. Et regarde le dressing.

Ce dernier, de la taille d'un garage, disposait d'un double accès depuis la chambre et la salle de bains. Il y avait un long banc au milieu et un grand miroir trois faces dans le fond. À côté des costumes masculins étaient pendues des robes ainsi qu'un pantalon vert à la braguette visiblement recousue. Tout à coup elle comprit pourquoi il avait acheté cette maison somptueuse. Elle avait vu les gros titres depuis leur rupture.

La maîtresse du roi le quitte après l'avoir détrôné.

La brume d'euphorie qui l'enveloppait se dissipa

instantanément. Déglutissant péniblement, elle dégagea sa main de celle de Luca et regagna le salon.

— Je ne fais aucune supposition, bien sûr, dit-il en la suivant.

— Vraiment ? s'exclama-t-elle, outrée. Eh bien, il est hors de question que je m'installe ici. Je ne serai pas ta… ta poupée de Londres, chargée de garder ton lit chaud pour les fois où tu seras de passage.

— Arrête, intima-t-il sèchement. Cesse de te rabaisser.

Elle tressaillit. Il ne lui avait jamais parlé sur ce ton… Elle croisa les bras, sur la défensive.

— Je ne me rabaisse pas.

— Si. Et tu tires des conclusions hâtives.

— Quelle autre conclusion pourrais-je tirer ?

L'air suprêmement suffisant, il se dirigea vers un tableau et donna un coup de coude sur le cadre. Le tableau pivota, révélant un coffre. Il appliqua un doigt sur un coin de ce dernier qui s'ouvrit avec un déclic. Il prit quelque chose dedans avant de le refermer et de remettre le tableau en place. Il lui montra un petit écrin de velours rouge et l'entrouvrit.

— Ceci appartenait à ma grand-mère.

Abasourdie, elle recula d'une démarche chancelante et faillit s'affaler sur le canapé. Se ressaisissant, elle parvint à rester debout. Mais aucun son ne sortit de sa bouche.

Il referma l'écrin en scrutant son visage.

— Comme je l'ai dit, je ne fais aucune supposition.

Il posa l'écrin, puis il enfonça les mains dans ses poches et fit quelques pas en silence.

— Suis-je en train de commettre une nouvelle erreur ? Je t'ai blessée, Amy. Je le sais et je m'en veux terriblement.

Il lui jeta un coup d'œil, mais elle n'avait pas de mots. Il l'avait blessée, oui. Mais n'avaient-ils pas été deux à commettre cette erreur ? Et n'en avaient-ils pas commis plusieurs l'un et l'autre ?

— Moi aussi je suis fautive.

— Quand tu t'es enfuie, je n'ai pas bougé car je me disais qu'en te laissant partir je nous rendais service à tous les deux. Mais j'étais si blessé que c'était presque insupportable.

— Il ne s'est rien passé avec Baz, marmonna-t-elle.

— Je sais. C'est un client, et tu n'as jamais d'aventures avec tes clients.

Malgré la pointe de malice dans sa voix, Luca avait la mine sombre.

— J'avais du mal à croire qu'une femme puisse me faire souffrir à ce point juste en étant à côté d'un autre homme. Quand tu souffres ou que tu as peur et que tu ne sais pas quoi faire, je veux que tu cherches du réconfort auprès de moi. Et, quand c'est moi qui suis blessé et qui ne sais pas quoi faire, je veux t'avoir auprès de moi pour que tu puisses me réconforter. J'en ai perdu le sommeil. J'essayais de trouver une solution pour éviter que le scandale te détruise et je voulais en discuter avec toi.

— Et moi je t'ai porté un nouveau coup.

— Tu n'as pas à t'excuser pour ce que tu as écrit.

— Je n'en avais pas l'intention, affirma-t-elle.

Mais elle croisa plus étroitement les bras. Il devait quand même lui en vouloir pour la lettre. Comment pourrait-il en être autrement ? Elle jeta un coup d'œil à l'écrin. Peut-être n'était-ce pas une bague. Peut-être tirait-elle des conclusions hâtives… Elle reporta son attention sur Luca. De toute évidence il avait suivi son regard.

— Je veux t'épouser, Amy.

Elle enfouit le visage dans ses mains.

— Nous nous connaissons à peine, Luca !

Des mains douces glissèrent le long de ses bras, puis se refermèrent sur ses poignets.

— Je te dis ce dont j'ai envie, c'est tout. Sincèrement. Tu

n'es pas obligée de me répondre tout de suite. Je ferai ma demande de manière plus appropriée quand tu seras prête.

— À quoi ressemblerait notre mariage ? demanda-t-elle en le laissant écarter ses mains de son visage. Les gens ne sont pas prêts à accepter le couple que nous formerions. Nous ne vivons même pas dans le même pays !

— Nous pouvons trouver des solutions à tout cela. Mon avenir est en suspens pour l'instant. Ma seule certitude c'est que je veux être avec toi. C'est pour ça que j'ai acheté une maison ici. Nous pouvons vivre séparément ou tu peux t'installer ici. Tu peux travailler ou non. Moi-même j'élaborerai bientôt mes propres projets. Nous pourrons éventuellement déménager à Vallia si ça nous tente. Nous pouvons avoir de très longues fiançailles si ça te rassure. Tout est ouvert à discussion. Mais je serais très heureux que tu portes cette bague quand tu te sentiras prête. Je veux que les gens sachent que je suis prêt à tuer le premier qui osera calomnier la femme que j'aime.

— Tu m'aimes ?

Elle se mit à trembler de tout son corps.

— Bien sûr que je t'aime.

— Mais tu as dit… Oui, tu as dit que tu ne pourrais épouser qu'une femme approuvée par… Je ne suis pas exactement le choix le plus approprié, Luca.

— Si nous sommes heureux ensemble, c'est tout ce qui compte. Non, attends. Je rectifie.

Il lui prit le visage à deux mains.

— Tu es une femme intelligente et indépendante qui me rend meilleur. Qui pourrait prétendre que c'est un mauvais choix ?

— Je te rends meilleur ?

Elle laissa échapper un petit rire étranglé.

— Je ne vois pas comment. Tu es parfait !

— En effet. Et puisque je suis parfait je ne peux pas

me tromper quand je choisis la femme avec qui je veux passer ma vie.

Un remords assaillit Amy.

— J'aurais dû te faire confiance et te parler d'Avery.

— C'est un sujet délicat. Je comprends.

— Ce n'est pas seulement ça. J'avais peur que tu me voies sous un autre jour et que tu sois rebuté. J'avais peur de te perdre.

Des larmes perlèrent aux paupières d'Amy.

— Et ensuite je t'ai perdu.

— Non. Je suis ici. Nous avons eu une querelle et nous en aurons d'autres parce que nous sommes tous les deux têtus et indépendants. Mais nous nous retrouverons toujours. Porte ma bague, et je te le prouverai.

— Tu crois vraiment que ça peut marcher ?

— Il n'y a qu'un moyen de le savoir.

— D'accord. Je vivrai avec toi ici et…

Il l'attira contre lui et captura sa bouche dans un baiser fervent. Transportée de joie, elle noua les bras sur sa nuque et lui répondit avec fougue.

— Tu m'as manqué.

— Toi aussi tu m'as manqué.

— Luca…

— *Si.* Moi aussi j'ai envie de toi.

Il la souleva de terre et la porta jusqu'à la chambre.

— Amy, murmura Bea.

Clare et elle écarquillèrent les yeux en pénétrant dans la maison, quelques semaines plus tard.

— Je vous présente Luca, mon fiancé, déclara Amy en les faisant entrer dans le salon.

Avec un geste théâtral elle leur montra la bague, un rubis ovale cerclé de diamants, monté sur un anneau d'or. Un bijou simple mais historique, dont la valeur sentimentale était inestimable. Luca l'avait demandée en mariage le jour où elle avait emménagé officiellement dans la maison, où elle vivait avec lui depuis leurs retrouvailles.

— Oh ! mon Dieu ! Félicitations ! lancèrent Bea et Clare en chœur avant de la serrer dans leurs bras à l'étouffer.

Elles congratulèrent ensuite Luca, qui refusa de leur serrer la main et leur fit la bise.

— Je suis enchanté de vous rencontrer toutes les deux et je suis impatient de faire plus ample connaissance, mais vous avez manqué à Amy. Je vous laisse à vos retrouvailles.

Il posa la main sur le bras d'Amy.

— Je vais prévenir ma sœur qu'elle peut publier l'annonce officielle de nos fiançailles.

— Merci.

Elle lui avait demandé d'attendre qu'elle ait la possibilité d'apprendre la nouvelle à ses amies de vive voix.

— Tu es trop bon avec moi.

— Tu ne mérites rien de moins, *mi amore*.

Il déposa un baiser sur ses lèvres, adressa un signe de tête à Clare et Bea, et s'esquiva. Les jeunes femmes restèrent bouche bée.

— Quelle cachottière ! lâcha Clare d'un ton faussement indigné.

— Vous pouvez parler ! J'ai hâte de savoir où vous étiez ces dernières semaines.

Amy leur fit signe de s'asseoir autour de la table basse, où les attendait une bouteille de vin.

— Je vous écoute.

# Épilogue

— Le prix de la Campagne de marketing intégré la plus innovante est attribué à London Connection pour la campagne *Approuvé par le Soleil*, réalisée pour Green Solutions.

Bea et Clare se levèrent d'un bond, tandis que Luca commentait d'un air suffisant :

— Je le savais.

Il se leva pour aider Amy à s'extraire de son siège. Enceinte de huit mois, elle avait hésité jusqu'au dernier moment à assister à cette cérémonie. Mais c'était sa dernière chance de passer une soirée dehors, et elle n'avait pas souvent l'occasion de sortir avec ses meilleures amies. Quand la date de remise des prix avait été fixée, elle ne savait pas encore qu'elle était enceinte. Luca et elle avaient accueilli la nouvelle avec joie mais aussi avec surprise, leur fille, Zabrina, étant née à peine douze semaines plus tôt. Amy avait beau être très occupée en tant que maman, elle continuait à travailler pour London Connection. Elle avait supervisé personnellement l'équipe chargée de la promotion des tuiles photovoltaïques produites par Luca et son associé, Emiliano.

Le lendemain ils prenaient l'avion pour Vallia. Sofia n'était toujours pas fiancée, et ce bébé serait le troisième dans l'ordre de succession au trône après Luca et Zabrina. Tout le monde avait envie qu'il naisse à Vallia. Amy était un peu fatiguée, mais Luca était un père très impliqué, et ils avaient une nurse ainsi que plusieurs autres employés toujours prêts à s'occuper d'une petite princesse.

— Quelle belle vie nous avons ! dit-elle à Bea et Clare, qui la soutenaient pour l'aider à monter sur scène.

Les trois amies rayonnaient de joie et de fierté, mais comme à leur habitude Bea et Clare incitèrent Amy à saisir le micro, la laissant prendre la lumière des projecteurs pour elles.

— Je ne serais pas là aujourd'hui sans les deux femmes fantastiques qui sont à mon côté et les deux hommes qui ont conçu ces panneaux solaires. Je tiens à remercier tout particulièrement mon mari, qui ne m'a pas retiré le contrat le jour où je lui ai suggéré : « Et si tes collaborateurs demandaient son consentement à la Nature ? »

Des rires fusèrent dans la salle.

— C'est moi qui lui ai dit qu'elle avait perdu l'esprit, intervint Clare.

Amy pouffa. C'était exactement ce que lui avait dit son amie en plaisantant, avant de lui assurer qu'elle lui faisait entièrement confiance, comme d'habitude… Tout à coup, Amy éprouva une sensation familière qui lui arracha un gémissement embarrassé.

— Amy ? Ça va ? s'enquit Bea, inquiète.

— Je vous jure que ce n'est pas un gag publicitaire, dit Amy dans le micro avant de mettre une main en visière devant ses yeux pour chercher du regard son mari, qui montait déjà sur scène l'air anxieux.

— *Amore,* que se passe-t-il ?

— Je suis désolée, Luca. Je viens de perdre les eaux.

Tandis que les applaudissements et les rires éclataient dans la salle, Luca la serra contre lui et déposa un baiser sur sa tempe.

— On ne s'ennuie jamais avec toi. Tu sais combien je t'aime pour ça ?

Il ne la quitta pas une seconde pendant tout le travail. Quand elle se réveilla à l'aube après un repos bien mérité et qu'elle le vit avec leur fils dans les bras, elle crut que son cœur allait exploser d'amour.

— Sais-tu à quel point je t'aime ? demanda-t-elle.

— Je crois, oui, répondit-il en déposant un baiser sur son front. Mais dis-le-moi quand même.

Vous avez aimé ce roman ?
Découvrez la suite de votre série « Relations privées »
dès le mois prochain dans votre collection Azur !

Retrouvez prochainement,
dans votre collection

# AZUR

**Les mariés de Dubaï, de Louise Fuller - N°4609**
Délaissée par Omar al-Majid, l'homme qu'elle a épousé trop vite, Delphi se résout à le quitter. Son mari ne vit que pour son travail – son empire ! – or elle finira le cœur brisé si elle prolonge leur mariage. À sa grande surprise, pourtant, Omar vient la retrouver pour exiger qu'elle rentre avec lui à Dubaï. Troublée par l'intérêt qu'il lui porte soudain, Delphi accepte de le suivre, non pas pour succomber de nouveau à son charme mais plutôt pour lui prouver que leur union n'est qu'un mirage…

**La vengeance de Vidal Suarez, d'Abby Green - N°4610**
Enfin ! Vidal Suarez tient sa vengeance ! Voilà des années qu'il attend le moment où il pourra se confronter aux Flores, ces odieux aristocrates qui ont brisé son père et fait de sa propre enfance un enfer. Parce que Eva, leur héritière, cherche désespérément à vendre le *castillo* familial, il a l'occasion de lui imposer sa volonté en lui rachetant son domaine. Bientôt, la belle Espagnole qui ne voyait en lui qu'un méprisable jardinier goûtera à la toute-puissance du milliardaire qu'il est devenu…

**Le vœu d'un cheikh, d'Annie West - N°4611**
Rosanna n'a pas l'habitude d'embrasser de parfaits inconnus… Raison pour laquelle elle ne parvient pas à oublier l'homme qui, l'espace d'un instant, lui a fait perdre la raison. Dans les bras de Salim, elle s'est sentie plus vivante que jamais, vibrante de désir – avant qu'il disparaisse dans la nuit. Or voilà qu'il se présente bientôt dans son agence matrimoniale. L'homme qui hante ses pensées n'est autre que le cheikh de Dhalkur et il attend de Rosanna qu'elle lui trouve une épouse !

**La maîtresse d'un patron, de Cathy Williams - N°4612**
Secrétaire consciencieuse, Grace n'a ni le temps ni le droit de fantasmer sur son patron, Nico Doukas, même s'il est l'homme le plus attirant de la Terre ! Pourtant, à la faveur d'un séjour en Grèce, leur relation professionnelle vire brutalement en liaison torride… Bouleversée par les sensations qui l'assaillent, Grace l'est davantage encore de se découvrir *amoureuse* de Nico. Saura-t-elle reprendre la place qui est la sienne quand tous deux seront de retour au bureau et oublier cet interlude délicieux au côté de celui qui fait battre son cœur ?

**Entre devoir et passion,**
**de Julieanne Howells - N°4613**

Le prince Léopold von Frohburg n'est pas du genre à s'embarrasser de sentiments. Depuis toujours, c'est le devoir qui régente sa vie. Aussi est-il fort contrarié que sa promise, la princesse Violetta, ait osé lui faire faux bond le jour de leurs noces, sous prétexte qu'ils ne s'aimeront jamais. Pas question de laisser la jeune femme saboter la réunification de leurs deux pays. Quand il l'aura retrouvée, Léo exigera de Violetta qu'elle l'épouse et assume ses responsabilités en lui donnant un héritier !

**Amoureuse du milliardaire,**
**de Rachael Stewart - N°4614**

Bree a abandonné son existence citadine pour soigner son cœur brisé dans un petit village. Alors qu'elle se croit à l'abri de toute romance, voilà que débarque dans sa pâtisserie Theo Dubois, un milliardaire bien connu de la région dont il est originaire. À peine croise-t-elle son regard qu'elle voit tous ses sens bouleversés, comme si elle revenait à la vie. Une émotion qui ne fait que grandir le jour où Theo lui propose de l'accompagner à Paris...

**La beauté des mers, de Chantelle Shaw - N°4615**

Alors que son navire sombre dans une mer déchaînée, le prince Eirik croit sa dernière heure arrivée. Mais une jeune femme aux airs de sirène le sauve des eaux pour le conduire jusqu'au rivage... avant de disparaître. Incapable de l'oublier, il se met à sa recherche. Sitôt qu'il retrouve Arielle, Eirik lui propose de l'accompagner au Fjernland, son royaume, où il prendra soin d'elle. Ce qu'il ignore encore, c'est que la belle a un secret qui pourrait bien, s'il était révélé, les entraîner tous deux dans un retentissant scandale...

**Tentée de le séduire, d'Emmy Grayson - N°4616**

SÉRIE : *LES FRÈRES CABRERA* - 1/3

Everleigh se consacre corps et âme au vignoble familial. Aussi est-elle furieuse d'apprendre que son père compte le vendre à Adrian Cabrera. Résolue à affronter cet homme d'affaires sans scrupule pour protéger son héritage, elle provoque une rencontre avec lui lors d'une luxueuse réception. Mais face à Adrian, Everleigh, d'habitude si combative, se sent brusquement vulnérable, tandis qu'elle est gagnée par une passion dévorante pour son ennemi. Au point d'être tentée de le séduire ?

## Minuit à Venise, de Clare Connelly - N°4617

SÉRIE : *RELATIONS PRIVÉES* - 2/3

Lorsque Ares Lykaios lui a demandé d'être sa cavalière le temps d'un bal, Bea aurait dû refuser, ne serait-ce que pour remettre à sa place l'arrogant magnat grec. Mais comment aurait-elle pu s'opposer à cet homme qui, en plus d'être outrageusement séduisant, est aussi le plus gros client de son agence de relations publiques ? Maintenant qu'elle danse avec lui, sous les lustres d'une soirée enivrante, Bea sent ses défenses se briser en même temps qu'elle succombe au plaisir d'un baiser inattendu. Une passion nouvelle qu'Ares lui propose d'explorer en l'accompagnant à Venise…

## Un désir royal, de Jennifer Faye - N°4618

Indigo déteste la famille royale de Rydiania, qui autrefois a froidement chassé ses fidèles et loyaux sujets au nom de la Couronne. Bannie du royaume alors qu'elle n'était qu'une enfant, elle a connu l'exil et la peur. Aujourd'hui qu'elle doit peindre le portrait officiel du prince Istvan, elle a toutes les peines du monde à lui cacher la haine qu'elle lui voue. Hélas, chaque coup de pinceau lui révèle d'autres émotions à l'égard de l'héritier honni. Cet homme qu'elle devrait mépriser pour ce qu'il incarne est l'objet de tous ses désirs…

## Liaison en Grèce, de Bella Frances - N°4619

Coral n'en croit pas sa chance ! Non seulement elle vient d'être embauchée comme photographe pour un célèbre magazine, mais elle va faire son premier reportage sur Hydros, une fabuleuse île grecque. Sur place, alors qu'elle s'émerveille de la splendeur des lieux, elle rencontre Raffaele Rossini, son patron. Doté d'une aura sensuelle, celui-ci la trouble immédiatement. Or, si Coral s'efforce de rester professionnelle, l'attirance qu'elle ressent pour Raffaele devient vite incontrôlable, quand celui-ci projette de la mettre dans son lit…